四季有花

生命或許就應該是一座野生的花園

柯采岑

To all the flowers and all the plants
in my life.

序　習花之時　　　　　　　　　　　　　　　　11

花心偏愛：向你們介紹我喜愛的新朋友

伯利恆之星：永遠也有盼望　　　　　　　　　16
冰島罌粟：生與死一體兩面　　　　　　　　　18
金合歡：大方想念自然　　　　　　　　　　　22
鬱金香：備受寵愛的小女兒　　　　　　　　　25
文心蘭：大並不代表一切　　　　　　　　　　29
蕾絲：你看不看，我都不在乎　　　　　　　　32
大地火鶴：把自己的心臟捧在掌上　　　　　　34
針墊：吉卜力魔女　　　　　　　　　　　　　36
新娘花：任風吹亂我的頭髮　　　　　　　　　40
劍蘭：劍蘭的江湖　　　　　　　　　　　　　41
巧克力波斯菊：盡頭之外等我　　　　　　　　44
尤加利：最強綠葉　　　　　　　　　　　　　46
台灣欒樹：我們不曾老去，不過成熟　　　　　48
貓貓有毒注意之花冊　　　　　　　　　　　　51

春季：春日的花，是有魔法的

春天的花是有魔法的	56
人和花都需要日照	60
買花時間	64
逛花市	68
習花沒有捷徑	72
歐姬芙的花，一種懷抱好奇的觀看	75
送你一朵花	78
阿蘇火山	83
花的不永恆，是它的一部分	85
花用側臉示人	90
春天的紀年	92

夏季：與花同居，不必活得太過整齊

花的精靈路過	96
創作一盆花	99
旅行時看花	102
跟花一起在倫敦住了下來	108
綁一束花送媽媽	113
花從來都不合群	117
花莖如魔杖	121
雷諾瓦的花，是生命的現場	123
擁抱一棵樹	127

秋季：習花也惜花，花是一面鏡子

家裡有花，感覺營養	136
美可以有好多種樣子	139
柏林植物園的樹	143
痛苦裡有花，花是一面鏡子	148
秋色的野生	153
生命的線索	156
與花的共同創造	161
花謝之時	164
在馬諦斯畫出一朵玫瑰之前	168
花不必永生，哪怕愛也一樣	172

冬季：我們早已身處花園之中

冬日的宮燈百合	178
綁花透露心事	183
一群人做花	187
自由的可能	190
回到花田上	193
寂靜的奢侈	196
常玉與他的花	201
在花之內看到垃圾	205
結構與花園	211

習花後記：當作野生的花園那樣去觀看　　　　215
附錄：關於習花名詞的二三事　　　　　　　　220

序：習花之時

與花相處，度過好幾個季節，數花紀年。內心一直覺得，最喜歡的還是做一個習花練習生，與花為伍，向花學習。

跟同一位花藝老師，木艸艸工作室的 Enzo，習得不同的花藝技巧，手綁花、結構投瓶、海綿插花、劍山插花、巨大的集體花藝作品，也學不同包裝花材的方法。花藝老師學的是德式結構，比起過度工整，更希望花藝作品回應自然。理花的時候，悉心觀察花草姿態，怎麼安排，有機會讓它原生的漂亮，被好好看見。

基本功快不得，學花，我自己的體感經驗，更重要的是願意花時間，與花相處，反覆練習，它自然會告訴你。

開始習花，除了花葉材，只需一把花剪，偶爾多加一個劍

山,或一個海綿。首先,以花剪整理花材,是很療癒的過程,即使做了許多次依然如此。捲起袖子,整理花材,已是進入創造思考的一環。一邊觀察,牢記花名,一邊修剪枝椏,練習捨得,捨得一些花莖葉,為後來的花束創造出更大空間。

我的手不是很巧,容易分心,不過與花相處,常常感覺自己被拉入另一個時空,數小時很快經過。花向我們展示了許多,不用言語,只是表達它自己。在花面前,我感覺有許多人類世界的事情,老實說可以不必這麼在乎。比方說斤斤計較著時間,或擔心自己做得不對、不好、不美。

花並不在乎那些。

在課堂上,也欣賞同學作品。作品總是透露出創作者的傾向,誰喜歡豐盛,誰喜歡簡單乾淨,往往一目瞭然。老師常常跟我們討論的不是對錯問題,而是選擇——選擇移動這朵花的位置,會不會更好一點?你覺得呢?哪一面是

你覺得最喜歡的一面？你想讓哪朵花被清楚看見？

花藝是與花的合作。學花這幾年，每一次面對花，都覺得自己依然學習許多。不同時期看花，看到的也不同，有時看到美與創造，有時看到團隊與和諧，也有時候，看到了生死與時間。

花藝流派與系統也有許多，滿載情感的日式花道、回應自然的德國花藝、精緻清新的韓式現代花藝，不管是哪一種，都完整地發展出一套與花相處的默契。用自己的路徑，將花的美，展現給世界。

越來越覺得，如果動了想靠近花的念頭，就去上課吧。選自己喜歡的花藝系統，或是日常多逛花、看花、買花，多嘗試，沒有損失。買喜歡的花回家，欣賞它們的姿態，花時間照料它們，你就已經走在習花的路上。

與花相處，永遠是我們獲得更多。

花都很美,
不過總有些花,
在我們的心裡停留得比較久一點。

花心偏愛

向你們介紹
我喜愛的新朋友

Leaf Love

伯利恆之星：永遠也有盼望

伯利恆之星，是我心目中充滿盼望的花。

它呢，整株身高可達 60 公分，六枚白色花瓣組成星芒的放射狀結構，其中有一小間黑色子房。還沒開花之前有點像松果形狀，近看也十分可愛，可以欣賞許久。來自歐洲南部的伯利恆之星耐寒、耐水、怕光，大概更是屬於夜晚的花，十二月到四月間是它盛放的花期，觀賞期長，是能陪著我們很久的花材。

綁花課上常用到伯利恆之星，一向不擅記花名，經常搞混的我，卻很快記得它的名姓。因為它徹頭徹尾的名實相符，看到它就覺得見到冬夜的星星，溫暖有方向。於是我特別喜歡保留伯利恆之星挺立的花莖，留它的高度，讓它從花束竄出頭探望，好像總是在期待著什麼一樣。

伯利恆之星是綁花人冬天愛用的花材，聖誕樹的頂端星星也叫做伯利恆之星，據說是耶穌降生時，天上出現的特別光體。因此這個花材也帶有一點宗教意象，與團圓的氣氛。

伯利恆之星的花莖偶有彎曲型態，必要時刻也顯得出一點淘氣，溫柔而鬆弛，等待合適的時候，靜靜地開花。看著它的時候，我會感覺，或許我們所有人都在等待一個合適的時間被看見，不用言語，就足以表達我們是誰。我們都在等待，活得像是我們的名字。

星星是如此，在白日看不見它，不代表它不在那裡。只要抬起頭，你會記得，盼望就在那裡。伯利恆之星，就是這樣的花。

冰島罌粟：生與死一體兩面

你或許不同意，不過對我來說，冰島罌粟，最美的是它蜿蜒曲折的莖。那樣靈動的莖，彷彿有太多故事要說，邀人側耳傾聽。

再來是它透光如蟬翼的花瓣，靠近看，意外地居然滿是皺褶，有種衝突的美感，彷彿冰島罌粟已在世界上活了很長一段世紀。長到它淡淡地，不著痕跡地，透露出一點厭世的氣質。

罌粟科的花都美得不可方物，而在人類漫長的歷史中，它們也常被指控為詛咒之花，或許純粹是人類太常被它們迷惑的緣故。常有罌粟花吸了戰地士兵滿地鮮血，而後開出血色之花的傳說；同個家族之中，還有能用來製作毒品的鴉片罌粟，因此罌粟家族的花，常帶有死亡的隱喻。簡直

像花界的吸血鬼家族。

還有希臘神話一則,故事是這樣的。這個故事跟季節的變化有關,也跟罌粟花有關。

宙斯和大地之神狄蜜特的女兒名叫普西芬妮,某次她在森林遊玩時,突然地面裂開,冥界之神黑帝斯將她擄至地下,做他的地獄新娘。其母狄蜜特心慌意亂,舉著火炬,拚命在地面上尋找,就是找不到普西芬妮。眾神想幫助狄蜜特,因此在她腳邊長出一朵朵罌粟花,讓她吃下種子,疲憊的身軀得以休息,並從傷痛中緩緩復原。最後經宙斯介入協商,讓普西芬妮可以有六個月重回地面與母親團聚,六個月待在地府,世界才因此有了季節變化。普西芬尼在地面上時是溫暖的春夏,普西芬尼在地面下時是寒冷的秋冬。

在這則希臘神話中出現的救命罌粟花,花語就是休息、走出傷痛。換個角度想,有沒有可能,死亡也被視為是一種

終於解脫的休息？跳脫人世間的所有煩惱，回歸心靈的永恆平靜。

而當代罌粟花有機會擺脫吸血印象，再次正名。芬蘭品牌Marimekko，在設計師瑪伊雅・伊索拉（Maija Isola）帶領下，將罌粟花大量做成印花圖案，灑上繽紛對比的色彩組合，賦予罌粟花童趣燦爛的新印象。至今，罌粟花仍是這個致力讓芬蘭人重拾溫暖快樂的品牌門面。

生與死一體兩面，快樂與哀愁也是。罌粟花或許比誰都懂這個道理。

罌粟花確實活得長，而它大概也不介意，人類總是寄託各種情感在它身上，對它笑，對它哭，最後擁抱它，依然帶它回家。

金合歡：大方想念自然

錄 podcast 的時候，聊到每個人都能用一種氣味來比喻。

有人是純淨柔軟的棉花，有人是高緯度挺拔的林木，有人是帶著泥土氣味、下過雨、小動物奔跑過的草地。不知道為什麼，說到比喻，我們第一個念頭都是想到自然裡的氣味。隊友們說，我像黃色的草本植物或花類，比方說金盞花、橙花，啊，或許是金合歡，有存在感但不過度強烈的香氣。

我喜歡金合歡。也喜歡自己讓人聯想到金合歡。

金合歡的花呈小型的絨毛球狀，密集排列，遠看像一顆顆黃色小炸彈，等待被投遞。葉子則是銀灰綠色的，呈羽毛狀複葉型態，中和了小黃花的孩子氣，增添了踏實印象。

金合歡樹高挺拔，整片黃色小花，看上去豐盛也吉利。它原產於熱帶南美洲，是多年生帶刺的灌木，有機會長得很高很高，高 3 至 4 公尺，樹態身段優雅，耐旱，因此也適合養在台灣──1940 年由荷蘭人引入，常見於高雄與台南一帶的外牆圍籬。

不只台灣人喜歡，金合歡也是澳洲國花。

據說澳洲有個節日叫做金合歡日，每年的九月一日，澳洲人會出門尋找燦爛金黃的金合歡樹蹤跡。整裝出發，去尋找一棵，或一片黃澄澄的金合歡樹林，在這樣的節日裡，大大方方地想念與擁抱自然。

因其極具辨識度的淡淡木質花香，金合歡也是常見的香水萃取原料。比如我喜歡的法國品牌 Diptyque，其中一款「紙染之水」（L'eau Papier），就以穀物、芝麻和白麝香搭配金合歡調香，詮釋墨水在紙上暈開，文字等待被創造的氣味。

金合歡有種一切正等待著,即將要發生的氣息。不慌不忙,在最適合的時候。

它的花耐放,若真的捨不得,也能做成乾燥花,保留漂亮的黃色,陪自己過冬。

鬱金香：備受寵愛的小女兒

短居倫敦首先買的花，是鬱金香。

鬱金香在國外好買，不貴，在倫敦的超市、花攤都常見，甚至是最常見的一種花材。它的顏色選擇多，紅的、黃的、紫的、粉的、橘的、混色的，多數含苞販售。我心心念念鬱金香在台灣的價格，戰戰兢兢翻過來一看，居然一大把十來枝，才 3.75 英鎊，若花開之後，考量花期漸短，花束還會打折販售，一把降價成 2.5 英鎊。

我在台灣少用鬱金香，因為台灣氣候高溫多濕，鬱金香難種，多數進口，千里迢迢坐飛機抵台，價格高貴。我比較常買的是非洲鬱金香，山龍眼科，木百合屬，南非產，根莖健壯，花期長，且適合乾燥保存，也沒這麼貴。老實說，非洲鬱金香比較像鬱金香家族的遠房親戚，是鬱金香

在無數個平行宇宙裡,長得最強壯的那種可能。

鬱金香是百合科,鬱金香屬,多數時候,我覺得它的好看,就在那看似柔弱的外表,優雅如鵝蛋臉的花形,易斷需小心呵護的莖腰,時而側臉歪頭的短髮姿態。人們欣賞鬱金香,像欣賞一幅古典油畫裡頭,披著精緻衣裳,備受寵愛的小女兒。開花後,鬱金香的花期約一週,漂亮得短暫,直至花瓣落盡,等待下個季節,重回市場。

鬱金香柔弱,不過它也曾威風地征服歐洲。世界上最早的泡沫經濟事件,就跟鬱金香有關。

十七世紀,鄂圖曼土耳其引進的鬱金香球根供不應求,引起市場瘋狂搶購,價格連夜飆升,投機者趁機進場,最終泡沫化,致使荷蘭各大都市陷入混亂。該事件被取了個浪漫名字,叫做「鬱金香狂熱」(Tulpenmanie)。也傳說當時有一位醫師,因為迷戀鬱金香,而將名字改為杜勒普——即鬱金香的荷蘭語發音。愛鬱金香如此,愛到想

跟它共享同一個名字。

歐洲與英國,春夏正是鬱金香的產期,公園、超市、花店、人們的購物袋與懷裡,處處可見它的身影。或許現在鬱金香依然征服著歐洲,以一種更親民的方式,延續它一路被疼愛的命運。

文心蘭：大並不代表一切

每當有人問，最喜歡什麼花材，我總是很難回答。如果不要想得太多，靠直覺反應，我應該會說文心蘭。

不知道要買什麼花的時候，就會買一把文心蘭回家。文心蘭給人一種儒雅安靜、明亮飽滿的書生印象，可以一枝獨秀，也能很好地做打底陪襯，既能撐起高級飯店大廳的入門氣勢，也有放在家戶迎門玄關的可親可愛。

我還覺得，文心蘭有一種足以代表台灣的氣質，能動能靜，可熱鬧也可安靜，小而勃發。文心蘭的花不大，不過單枝花朵數量多，只需幾枝便可創造出一片黃油油的飽滿與精神，也有團結印象。看著文心蘭的時候，我有種感覺，大並不代表一切。

文心蘭的花期長，一年多見，夏日前、秋天前後，都會出沒於花市，投瓶壽命可達兩週左右。文心蘭不僅台灣人自己喜歡，也是台灣外銷世界的重點花材，送往日本、香港、東南亞，最遠至荷蘭，是出口量僅次於蝴蝶蘭的花。

文心蘭原產於南美洲安地斯山脈，屬於熱帶蘭花，台灣於1980年代自泰國進口「南西」品種栽種，自此在台灣常住下來，也為台灣外銷出口創造驚人產值──日本的文心蘭，有九成都從台灣進口，透過台灣研發的細緻切花保鮮技術，海運抵日。據說日本市場更喜歡另一種文心蘭品種，是檸檬綠。

文心蘭品種多，任君挑選，黃色帶有褐色班點的南西文心蘭，純黃也有點綠色印象的檸檬綠文心蘭，白色的白雪文心蘭，咖啡、黃色、白色相間的雪櫻文心蘭，有巧克力香氣的巧克力文心蘭，或是鵝黃色的愛琳娜文心蘭。

許多文心蘭都是台灣花農以時間與愛，悉心栽出來的特有

種。想起文心蘭，我總是想起家。喜歡文心蘭，大概也是我隱隱約約覺得，它就像台灣。覺得屋內需要一點朝氣的時候，可以買一把文心蘭，記得自己是誰，從何而來，根在哪裡。那麼，就算即將前往未知的他方，也不必害怕。

蕾絲：你看不看，我都不在乎

我喜歡蕾絲，喜歡它漂亮得十分隨性，美得低調，沒有距離，也不吵鬧。

蕾絲很入世，原產於歐洲，走在倫敦的公園，隨處可見草地上蔓生的蕾絲花，在日光下隨風搖曳，像撐一把蕾絲傘，聽一首很慢的英倫搖滾，跟著節拍晃。蕾絲花的花形呈傘狀，繖形花序，小花團結，組成大的花面，花莖細，喜歡全日照，也喜歡喝水，經常蔓生於歐洲的田野、路旁、公園小徑，自在地野生。

蕾絲花以英國安妮女王命名，英文別稱為 Queen Anne's Lace，其花如蕾絲夢幻，實際上是野胡蘿蔔開花，所以它的優雅裡，也帶有一點泥土和草根氣味。

蕾絲通常高 80 至 100 公分，在綁花課使用蕾絲時，我喜歡維持它的高度，讓它竄出花束，優雅探頭。我大概是一個很捨不得砍花高度的綁花練習生吧，想讓它的漂亮遠遠就能被看見，提著花束，看它跟著腳步搖晃。

私心覺得，蕾絲跟茴香相像，而且很搭。茴香比蕾絲的花多帶了點黃色調，而且莖硬挺些，兩花綁在一起，給人一種草地姊妹花的氣質——是一對姊妹穿著相似顏色，在公園裡席地而坐，鋪野餐墊，享用自家製的下午茶與司康。

蕾絲纖細而不脆弱，優雅而不矜貴，它渾身上下沒有一種要被觀看的欲望，你看不看，它都在那裡。它不介意，也不在乎。

在倫敦遇見滿地蔓生的蕾絲之後，心裡覺得又更靠近了蕾絲一點。

大地火鶴：把自己的心臟捧在掌上

說不上來為什麼，不過我很喜歡火鶴。綁花的時候，偏愛是必要的。花心也是。我決定就這樣霸道地自圓其說。

每次綁花，若用到火鶴，我內心都會竊喜。火鶴的形狀若掌，大大的苞片之中明明白白地豎起圓柱狀的肉穗花序，乍看就像把自己的心臟捧在掌上。看到火鶴時，會覺得它有點創業家性格，肉穗花序就是它生命中的北極星。據說，許多長輩也喜歡火鶴，卻是因為它的諧音，火鶴的台語音同「乎賀」，有一種特別喜氣的感覺。

火鶴顏色多，紅色、白色、紫色、灰綠，之前綁花時，用到一款名為「大地」的進口火鶴，帶有點漸層的淺咖啡色。它原產於熱帶雨林，台灣也有國產的火鶴，主要集中在中南部，產期一年四季，台灣因此躍升全球重要的火鶴

外銷國，跟荷蘭、美國共同競爭市場。火鶴花期長，喜歡溫暖潮濕，因此也很適合室內種植。

火鶴是早已習慣被人注視著的花。在 2023 年的 Loewe 春夏大秀，一朵豔紅的火鶴直直地挺立在全白的秀場上，模特兒們陸續從莖部魚貫走出，踩著火鶴造型的鞋履，把火鶴色彩的洋裝穿上身，人與花共用同一副身體。創意總監喬納森・安德森（Jonathan Anderson）說，花是植物的性器官，而火鶴是遊走在真假之間的花朵。

我喜歡火鶴。喜歡它很直接明白，個性強烈，充滿張力，或甚至是性張力，一點含蓄也沒有，大方得明目張膽，那種「你不喜歡也沒關係」的姿態。或許我是羨慕，也想在某個平行時空裡，活成那樣子。

針墊：吉卜力魔女

該怎麼描述針墊呢？這麼說好了，針墊有一張魔性的臉。

在綁花課上初認識針墊，我的第一直覺，覺得它就像吉卜力動畫裡法力高強的魔女。深藏不露，漂亮而危險。

針墊是山龍眼科，風輪花屬，花如其名呈針狀（想像家政課上插滿大針的針墊），花序密集，花面硬挺，花色以紅、橘為多，鮮豔如滿天的國慶煙火。它的根莖粗壯，葉為輪生，十分堅韌，像花的五指山。針墊花十分耐放，投瓶可以放三到四週以上，後續也能做成乾燥花繼續陪伴家中環境，是花店老闆會推薦——買了之後可以在家裡放很久的花材。

我呢，老是喜歡把某些花材從鮮花狀態養成乾燥花，無論

是非洲鬱金香、金合歡或是針墊，也不斷觀察到，自己就算想要灑脫，還是會捨不得。

針墊來自南非，生長在灌木、坡地與森林，仔細想想，我認識的許多堅挺花材都來自南非，非洲鬱金香也是如此，兩種花都帶著一點遠道而來的野生氣質。我喜歡那樣的花，覺得它們的美沒這麼乖乖守規矩。而從南非移居台灣的針墊，大概很能適應濕熱氣候，在台灣也長得很好，好像這裡本來就是它的家。

整理花材時，把針墊堅硬的葉片去除，留下奔放的花面，放在花束裡，它的魅力就是有辦法把整束花變得彷如吉卜力動畫。下次綁花時，不妨試試這位南非來的魔女。

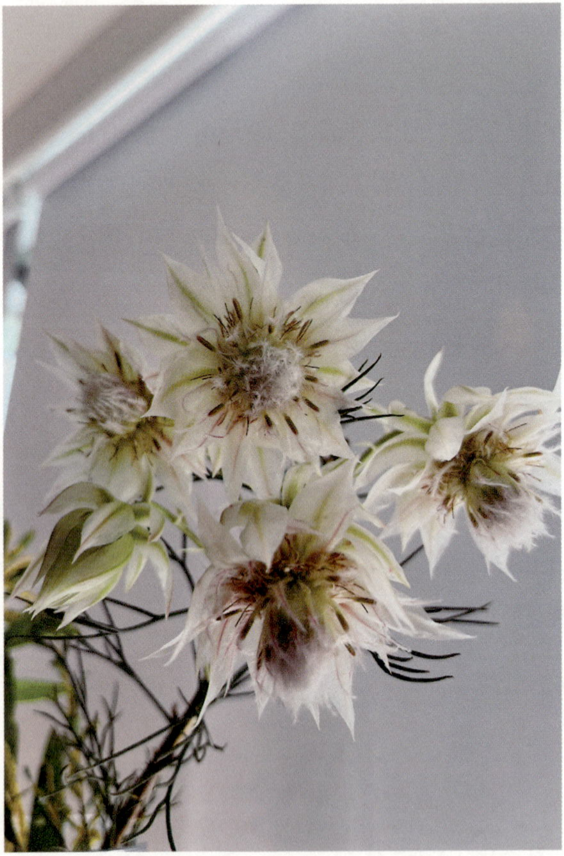

新娘花：任風吹亂我的頭髮

花名許多，寫下來的都是我記得的。其餘我每次看到，不害臊地說，都要重新查。

有一種花我特別喜歡，叫新娘花。新娘花聽起來有點不酷，不過花的姿態實則十分瀟灑——新娘有百百種，那麼此花肯定是自在非常的新娘，紮了個簡單的、鬆鬆的法式馬尾，穿上剪裁俐落的白色緞面小洋裝，跟伴侶手牽手跑去戶政事務所登記的那種。

綁花課上用的，是白色新娘花。產地來自南非，白色花球，邊緣帶點淡粉色系，花芯有著狂野的絨邊，花苞會隨著時間轉粉。據說命名由來是絨邊如新娘薄紗，也有一說是那漸轉粉的顏色，像極了紅著臉的新娘子，因此有 blushing bride 一稱。真要說，我覺得更像是頂著一頭被吹

亂的頭髮——新娘花是任風吹亂頭髮也不怕的新娘，有王菲的氣質，背景音樂要配一首《開到荼蘼》。

生在南非的新娘花，漂亮是漂亮，也有一點野，有一點性格，有一點無法妥協的部分，美得十分入世。查了之後才發現，新娘花的花種家族叫做 Protea，早在三億年前就降生地球，算是地球上的老前輩。同個家族裡頭也有帝王花和海神花，新娘花就像是貴族家庭裡頭，明知前有厲害長輩得要看齊，卻偏偏想當小搗蛋的家族成員——沒必要跟別人走同樣的路嘛。

喜歡花是一種全然主觀的體驗，新娘花呢，就是如果我此生有婚禮，我想在婚禮上拿的花束。漂亮也野生，優雅但不受控，大概我希望，自己內心也存在某個永遠無法被馴服的部分。

劍蘭：劍蘭的江湖

我曾有跟劍蘭撞衫的經驗：穿橘紅色的背心洋裝，踩著涼鞋，興高采烈地去上花藝課，在教室裡遇見跟自己同色系的橘紅色劍蘭一大把。

是因為名字叫做劍蘭嗎？常常覺得，線條俐落也人高馬大的劍蘭，很有俠客或俠女姿態，瀏海全梳到後方，綁起 all back 的高馬尾。當日我留下了一張與劍蘭撞衫的合影，托它的福，也覺得自己帥帥的。

劍蘭原產於地中海沿岸與中南非洲一帶，相關記載最早可追溯到羅馬時期。因為劍蘭的穗狀花序及劍狀葉形，就像羅馬角鬥士手中的劍，它的學名 Gladiolus 也是源自拉丁文的「劍」。看來無論身在東方或西方，劍蘭都帶劍闖蕩江湖，是善於保護自己的花。

劍蘭的花苞由下往上依序開放，有著節節上升的寓意，一枝花莖最多可以開二十多朵花。劍蘭顏色也多，白色、紅色、紫色、黃色、珊瑚粉色，單色或複色都有，過往因為常用於婚事節慶、新年賀禮、宗教祭祀，在許多人的心中留下了過分老派的印象。劍蘭從日治時期被引入台灣，確實見證了許多台灣近代化的現場，人們以其花做護身符，祈福、驅邪、避凶，也有人給它起了十分台味的別稱，叫十三太保，或是福蘭。

實際上，無論綁花，或插花，劍蘭的姿態常能增添花束的分量，並且創造具線條感的明快清爽。不特別喜歡紅色花束的我，非常喜歡紅色的劍蘭，喜歡它的直接、爽快、不矯情。

攤開劍蘭身世，它在不同的文化土壤生長，無論是角鬥士，或拜佛祭祀，它總是很靠近文化的座標，人們信仰的核心。也或許劍蘭如此，走到哪裡，都是它的江湖。

花心偏愛

巧克力波斯菊：盡頭之外等我

有些花，長相跟氣味都可愛到不行，比如巧克力波斯菊。

巧克力波斯菊的花身是咖啡近乎暗紅的色調，花瓣帶有絲絨質感，往中間看過去，層層疊疊的咖啡色，還有凸出的花芯。很少有花是這個顏色。湊近還會獲得另一個驚喜──它聞起來像高純度的黑巧克力，讓我腦海中閃過 GODIVA 商標的那匹馬，也許就是因此而得名的吧。

巧克力波斯菊喜歡溫暖，也足夠耐寒，原產地在墨西哥的郊外，已在野外絕種超過百年，後透過人工培育才得以繁衍，回魂轉世。它無法自花結實，必須透過塊根分離繁殖，在台灣一年四季都可以開花。

它的莖細而蜿蜒，花面可愛，一把在手，足以讓人感受

到心臟爆擊。它的花語卻是「愛情的盡頭」，the end of love，就像因為戀愛，一夜長大，悶悶地唱一首伍佰的歌。如果每一條路都有盡頭，愛也不例外，那麼就以可愛的正義，回應愛的終究感傷。

因為需要人工培育，巧克力波斯菊是世上罕見花材之一。學習綁花時，遇過大概兩三次，每次遇見都會重新喜歡上它。不顧一切，躲過愛的盡頭，也要重新開始。

我想起喜歡的電影《王牌冤家》裡提出的假設性問題：如果消除最痛苦的戀愛記憶，兩個人在街上碰見，會不會再一次愛上彼此？愛過的記憶，會不會依然算數？

健忘的人，說實話，比較幸福。

巧克力波斯菊的版本大概是如此──如果愛情有盡頭，那麼請你在盡頭之外等我。

尤加利：最強綠葉

說尤加利是最強綠葉，應該不為過吧？

手綁花時，花材與葉材都是花束豐盛的必需。有一度覺得，比起花材，自己更喜歡甘願陪襯的葉材。螺旋手綁花，舉起左手，虎口半圓打開，拿一枝直挺挺的主幹，斜放一枝花材，手腕順時針轉，再斜放一枝葉材。我常常在這個過程中遇見百搭的尤加利葉，它有冷色調的灰綠色澤，葉形與姿態都漂亮，恰到好處的分量足以被看見，又不會過度搶鏡，是綁花葉材選項的常客。

所有人第一次聽過尤加利，大概都是因為無尾熊。接著腦中就會出現畫面，慵懶的無尾熊抱在樹上，懶嚼尤加利葉，汲取身體需要的水分。不只無尾熊，聽說澳洲的原住民也會嚼食尤加利葉，讓身體保水，或將尤加利葉搗爛當

作藥膏敷。

金合歡是澳洲的國花，尤加利則可以算是澳洲的國樹，兩者都有強烈的大草地氣息。尤加利葉的花語是大地的恩賜，它也確實給人這樣的印象，此物只應自然有，從大地來的，回到大地去。

尤加利的種類有許多，據說多達七百多種。綁花時可以聞到尤加利葉淡淡的自然香氣，有些尤加利帶果，綁起花來更多點分量與自然的豐盛感，特別適合秋冬。

尤加利葉也適合乾燥放置，記得某年，家中幾株尤加利葉乾燥後，插在喜歡的瓶器裡，在架上擺了整整一年。朋友到家裡玩時稱讚漂亮，我說是尤加利喲，驚呼之餘說她也要買回家試試看。

自己喜歡的花葉材，別人也喜歡，那樣的快樂，難以言喻。

台灣欒樹：我們不曾老去，不過成熟

你一定在台灣街道上看過台灣欒樹，滿樹通紅，於是人們以一種心領神會的默契，知道冬日將抵達，只不過當時，我們未必能指認出它的名姓來。

台灣欒樹是台灣特有亞種，一言以蔽之，是台灣才有的原生植物，生性耐旱，四季能生長，顏色漸變化——春夏生綠葉，初秋開黃花，花快開完之際，果實方才現身，秋末冬初果實轉紅，而到冬末，果實會漸轉褐色。據說呢，台灣欒樹還很耐汙染，因此行道路上常可見欒樹身影。

欒樹以一種不爭的速度，變化著。黃花紅果，綠葉果實，一體兩面，都是台灣欒樹。

台灣欒樹見證台灣的四季變化，在時間裡頭，把自己熟成

一棵穩重的樹。不驚不喜，不慍不火，好像一個智者的姿態——縱使灰塵撲面，不過輕輕抖落，展現一種不疾不徐的生命歷程。

記得花藝老師初拿出台灣欒樹時，全班同學感覺有點近鄉情怯，好像是第一次有機會近距離觀察台灣欒樹，見其果實。綁花常用欒樹蒴果，為著其枝幹明確，紅色氣囊狀的果實輕盈而堅實，半點不脆弱，有明確存在感，可以當作核心主幹，也可以有別出心裁的插法。

總之，每次綁花時放入欒樹，都會感覺到季節就在那裡。綁花是體現時間的學問，而台灣欒樹半點不喧譁，彷彿季節就是季節，時間就是時間，我們也不曾老去，不過成熟。

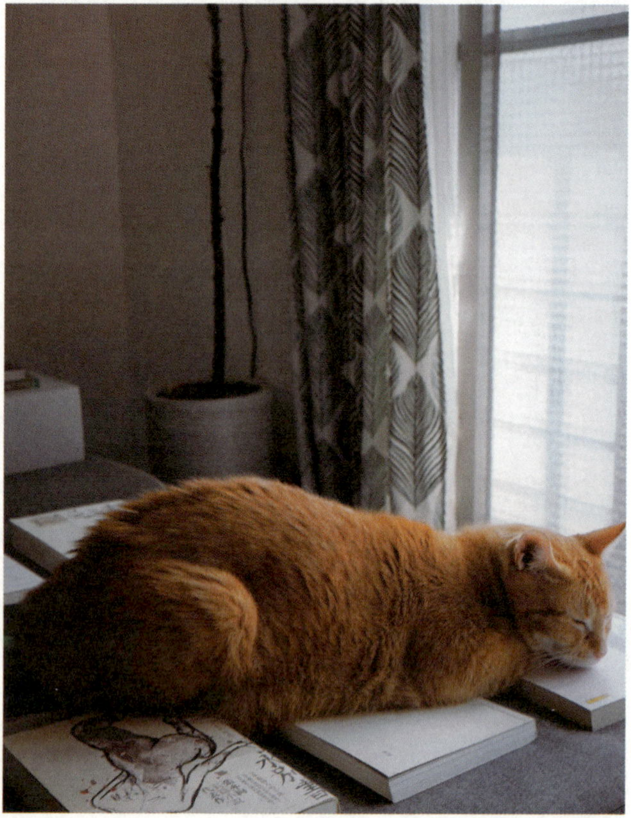

貓貓有毒注意之花冊

有些花葉美,討人喜歡,不過對貓貓有毒。上完花藝課回家,考量家有橘貓虎吉一隻,有時候在半路就將花Lalamove脫手送人,或擺在家中貓咪不會出入接觸到的房間窗邊。

其中最毒的,尤其要避免帶回家的是百合、鬱金香和水仙。百合的花瓣、葉子、花粉,全株對貓來說都是劇毒,不僅傷肝、害腎,還可能影響神經系統,容易引起急性腎損傷,戒之慎之。鬱金香的球莖對貓有毒,若是貓咪誤食,可能會有嘔吐腹瀉症狀,或心臟問題。水仙的球莖含有石蒜鹼,對貓咪的腸胃、中樞神經系統有害。

其餘要留意的,還有風信子、火鶴、冰島罌粟、鳶尾花、劍蘭、康乃馨、海芋、香碗豆、牡丹、尤加利。

每家貓咪習性不同。我家虎吉對花沒什麼興趣，經常繞道而行，但還是小心為上。若是家有寵物，要長期放花，可以參考對貓咪友善的花材，例如文心蘭、桔梗、金魚草、玫瑰、向日葵、非洲菊、雞冠花、小蒼蘭。想了解更多，可以前往美國愛護動物協會（ASPCA）網站查看。

對貓咪有毒無毒的植物清單

連照顧自己都懶惰的時候，
照顧花反而是一種最小程度的溫故知新。

春季

春日的花,是有魔法的

Spring Magic

春天的花是有魔法的

冬末春初,花藝教室裡,提前綻放著春意。

春日的花肯定是有魔法的——讓總是板著一張臉的花店大叔打開話匣子,眉眼飛揚地談花;讓擅用葉材的老師,一時心竅,放下偏愛,採買諸多花材,燦爛上桌。

進教室的時候遲了幾分鐘,隔壁的同學說,啊,我剛看完《四時瑜伽》哦,因為跟隨節氣看,用一年慢慢看完了。想到驚蟄剛過,等待春分,花藝教室的花正綻放許多春意。

春日的花,對我來說,有一種與生俱來的甜蜜,曖昧的爭豔。十三種花材,西洋水仙是待開的荷包蛋,小蒼蘭夾著精緻髮夾,蝴蝶陸蓮鑲金邊,鐵線蓮精神銳利,翠珠青春

洋溢，情人草有韓國女團氣質，松蟲草有多種面孔，其中一種穿著手工訂製的白色蓬蓬裙——彷彿我手中綁的花束是另一種層次的《可憐的東西》服裝大秀。而每種花色，都有機會做春季的 Pantone 代表色。我最喜歡的是丹頂蔥，它耐寒，幾乎全年供應，看上去有點怪裡怪氣的，歪著爆炸頭，彷彿永遠也在思考著什麼。靠近聞，還聞得到蔥味撲鼻。

春日的花材讓人心情好，心情好嘛，看什麼都好了。心情好就是最大的魔法。

跟花藝老師 Enzo 習花，從某年的夏日起始，終於也可以用年份計算了。我喜歡上花藝課時，聽她把基礎再講一次，每次也有新故事。基礎打好了，就像花喝飽了水，抬頭挺胸，有機會盛放。

從理花、綁花，再到包裝，在習花過程中的諸多練習，反覆鬆動我對控制與完成的信念。也可能我這麼喜歡綁花，

就是喜歡這種，在美之中，還有對既有堅固信念的顛覆。一直嚮往著秩序、信仰著專案控管的人，可能也會在綁花過程中，被花材渾然天成的自由深深打動。

綁花需要的，一直都不是分毫不差的計算。控制無效，需要的反而是放鬆與觀察。放鬆，讓花的姿態得以顯現；觀察，創造出高低錯落的，讓花呼吸與綻放的空間。我一向苦手的花材包裝也是，原來動作可以很輕很輕，像是在托抱一個嬰孩。

另一同學湊近告訴我，她喜歡第一本書《如果理想生活還在半路》，還把這個書名，出成國中作文的寫作題目。春日的花是有魔法的吧，為我送來這些充滿愛的訊息，十分害羞，同時也十分珍惜。

老師說我們提著花，來出外景吧！於是我們一行習花學生，拎著春日的花，走往還有冬日氣氛的街巷，覺得自己快了世界整整一個季節。想像一個有太陽的午後，有花在

手,茴香拂在臉上,提著綁好的花束去搭捷運,多希望有機會將好心情的魔法,分享給每個路過的人。

人和花都需要日照

綁花工作室原本在一樓路面，後來搬到高樓，十七樓的市景，雙面落地窗，若是太陽賞臉，便會感覺自己與花沐浴陽光，行下午的光合作用。人和花都需日照。

春夏交際，時雨時晴，萬物攢動，此時的花，開得無需遮掩，恣意盛放，美麗天生——尤其喜歡紫薊，美得十分魔性，是看過一次就難以忘記的存在。大理花則是一貫的王者姿態，穩坐寶座，美得端莊大方。

綁花時我常常覺得，美如此多種，分不出高下，也真沒需要誰贏誰負。

我們一邊用架構綁花，一邊聊喜歡的歌手，直到當天十一種花材全數用盡，左手虎口逐漸「母湯」。剪去花腳，去

掉重量，不斷提醒自己，綁花是捨棄的功夫。願意割捨，才有空間。

我手不巧，有時覺得理花綁花，其實是訓練讓我自己安靜的過程。心裡沒有著急，練習看個全局，在自己不夠擅長的事情面前謙卑地被美觸動，放下控制的心，培養一雙觀察的眼睛。美已經在場，需要的不過是發現。

老師選的花，是非語言的表達，那個表達既是色系的，也是觸感的，更是姿態的。老師備好材料，讓我們用一個下午的時間，用花去完成一段故事。每一個完成的花束，都是兩段時間的交錯，花變化著的時間，與人們花的時間。

想到瑜伽老師說，能量可以去到的地方有許多，在我們日常生活中有非常多無意識讓能量逸散掉的時候，比方說胡亂發脾氣，又比如說報復性熬夜——而能量啊，如果用來自我關照，或是用來創造，會是最好的兩種應用方式。

綁花對我來說，兩者皆是，是讓人感覺非常滋養的時間，有休息，也有創造。我偶爾會感覺到，從前我最靈敏的當屬味覺，畢竟貪吃，現在不同的感官也有各自發展的需要。比如說，怎麼觀察，怎麼擺放。其他感官，也有它們想說的話，想經歷的風景。

而生活或許就是從各種選項中嘗試，究竟做些什麼，可以讓身體感覺十分幸福。若是願意觀察，假以時日，身體也會輕輕遞給你答案。

我試著回應我的身體，安排每雙週六輪迴一次瑜伽、綁花、寫作的行程，從早至晚，對我而言是有 input 也有 output，營養均衡的日程安排。

上完課的晚上，提花回家，決定不滑手機，專心看花搭捷運，搖頭晃腦的——明確感受到時間的謹慎花用，以及能量的重新安排，或許是我們能給自己最好的禮物之一。

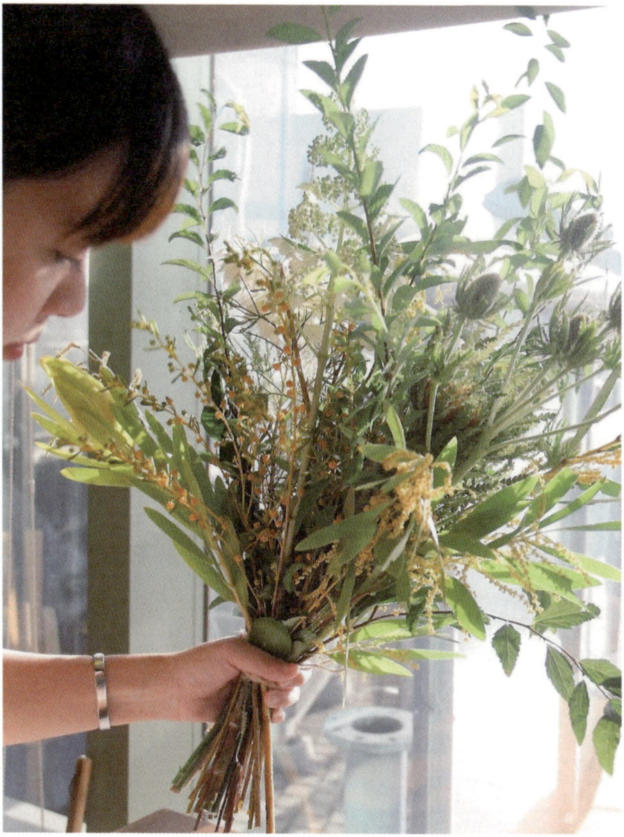

買花時間

想要開始與花為伍,可以從買花開始。

買花的念頭一旦升起,會注意到城市裡其實不乏花店。或許就在巷弄轉角,或許在經常開車行經的尋常路口,或是在出發市場買菜的路上——我就曾一手提菜,一手抱花回家。食材與花材,都讓生命頭好壯壯。

念頭升起後,我們會有一種體感的認知:有許多事情我們看過,但其實沒有看見。這些訊息,只有在我們開始留心之時,才會向我們輕巧地展現。

花也是如此。

常常覺得,人在城市裡生活,常態地脫離了自然的季節,

鑽入都市規模化的秩序、井然有序的經濟、工業的流水生產線，會突然在某一個瞬間，感覺到寂寞全面襲來，恍然覺得自己活得像是一串早被寫好的數據，因為同樣的事情升起情緒反應，兩點一線，醒來時沒有喜悅，或是有一天，不再有任何感覺。

覺得自己活得近乎數據的時候，會突然想念起花。花草是活物，活物會變化，活物有生命，活物的每天都不一樣。我們也應該是如此。

家裡有花，就能時時給自己這樣的提醒。買花不難，現在連 UNIQLO 都能買花了。當時他們是這樣分享理念：「我們希望人們像挑選衣服那樣挑選鮮花，享受充滿鮮花的生活。」因為有了花的緣故，UNIQLO 不再只是購物商場，而是人們聚集的場所。

記得那時還有延伸新聞一則，台北 UNIQLO 旗艦店的花的銷量，是全球第二名。是不是在那一刻，我們紛紛從數

據模式探頭，突然想起，自己也是喜歡花的。

啊，最近發現全聯也開始賣花了。全聯賣的花，多數耐放，也讓人感覺親近，例如百合、桔梗、菊花。有些家庭，買完幾袋菜，也會提幾朵花回家，可能送給家裡的阿公阿嬤，又或者只是買菜人的一點情不自禁，被花吸引，想帶回家。

生活中這種被花偶然觸動，情不自禁的瞬間，老實說，確實是非常可貴的。

想離開數據狀態的自己，或許走到花店、UNIQLO或全聯，為自己挑幾朵花回家，是最好的方法之一。欣賞花的變化，也邀請自己放下上一刻腦中思緒萬千的自己。怎麼選花呢？合眼緣就好，沒有一定。問問店員花葉的名字，邀請它們跟自己走，有時候，花朵反而會給我們最多的驚喜。

多數花的花期大約兩週,於是,我們也能以雙週至月為循環維度,為自己,也為自己的同住人買束花。這幾個月的我,是這麼做的。

逛花市

跟朋友聊天，他說自己最近感覺好沒有動力哦，然後突然問我，欸你是不是都不會有提不起勁的時候，感覺每天都很有能量生活。我大叫，怎麼可能啦。我有非常多覺得自己想要成為一灘爛泥，也真的成為一灘爛泥的時間。

從認識花以來，每當覺得心情有點停擺，懶洋洋、提不起精神的時候，就會想去逛花市，帶自己出門，尋找與自己有緣的花，帶回家跟它們取暖，借點向陽的能量。看著花，充點電。

立春以後，迎接雨水，降水增加，也是植物萌發之際，花市裡的花草有一種集體的精神抖擻，昂首闊步，散發著明亮的氣質。建國花市賣盆栽的攤販更多，有好幾攤都擺上春日的櫻花盆栽。春日賞櫻，好像已成為人與花的約

定──春天的時候，就去看一看你，無論在台灣，或是京都還是東京。

我穿梭在不同的花攤，分別買了茴香、文心蘭以及非洲鬱金香。茴香有特殊的香氣，介於植物與食物之間，有種難以界定與分類的微妙錯覺，蓬軟低垂的黃綠傘狀花序，看上去輕盈也豐盛，像是誰剛換了適合春天的飄逸髮型。茴香喜歡陽光，喜歡溫暖，和人一樣。茴香長得也高，給人挺起脖子曬太陽的印象。其實本來想買的是蕾絲。蕾絲沒找到，買茴香也很好。

而我一直偏愛的是文心蘭，覺得它是能動能靜的代表。文心蘭有黃色、白色、粉色、紫色，或是條紋斑點，多色變奏。我特別喜歡黃色的文心蘭，十分討喜。文心蘭一把不貴，大概 100 到 150 元，買個幾把，拿個大花瓶放在一起，就很漂亮。它也是很多餐廳或飯店會擺在大廳的優雅選擇，是可以安靜也可以喧譁的花束。台灣栽培的文心蘭幾乎終年皆開花，秋天是開花旺季，春天反而開花較少，

此時遇見感覺難得，想珍惜它此時的花期。

非洲鬱金香則是耐看也長情的花，有介於花與草木的質地，是來自南非的多年生草本植物，看上去確實有不打算合群的野生。非洲鬱金香是那種無法被馴服的花，但內在確實是柔軟的。它的花期長，花小小一株，花攤老闆說，非洲鬱金香可以陪伴你至少二到四週的時間哦。

逛花市的時候，觀察四周行人，誰也都是人手一大袋，提著花、抱著盆栽離開，就覺得十分可親可愛。好像連照顧自己都懶惰的時候，照顧花反而是一種最小程度的溫故知新。

回到家，將文心蘭與茴香送作堆，放在玄關處，陽光斜斜照得到花臉的地方，入門時就能看見明亮春色。非洲鬱金香分兩堆投瓶，放在不同的角落，欣賞它挺拔的姿態。晨起澆花，給花餵水，也替自己倒一杯溫水，然後，一起站在有陽光的地方，給太陽曬一曬。

照顧花就像照顧自己，照顧自己就像照顧花。從很小的一點點開始，就可以了。幫自己倒一杯溫水也是，清理掉心上的疙瘩也是。

總而言之，身體懶洋洋，或心情難以言喻的時候，可以投靠花哦。花拯救你的方式，就是示範安靜的存在，也是一種姿態。

習花沒有捷徑

春分以後,清明之前,是陰陽氣息交錯變化的時節。做瑜伽的時候,老師說,這樣的外在不穩定,需要內在更多的安靜——不宜大喜大嗔,不宜狂怒狂悲。人啊,往往在極端情緒起伏之後,容易感覺身體內有失落與空洞,應該趁著變化之際,練習讓能量維持在更穩定的狀態。

我感覺那畫面就好像,有人穩穩地撐著一把雨傘,站在風雨之中,卻置身風雨之外。專注力是神,呼吸是氣,觀察自己的神氣去到哪裡——你的神氣,就是你為自己撐的那把雨傘。

瑜伽課後下大雨,因為沒帶雨傘,躲在風衣裡窩成一球,淋了一點雨,徒步去上綁花課。每雙週六,把瑜伽課跟綁花課排在同一天,是我送自己的禮物。

老師選了十一種花草，一花一葉，放在左手心，綁花慢慢長出來。洋甘菊充滿少女氣質，蜘蛛蘭是冶豔擔當，宮燈百合像名門後代，蕾絲美得有點距離，松蟲草簡直黑暗榮耀，樺木撐出了一點呼吸空間，容許草木樨大把大把地野生起來。高樓陰晴，春日已有花色，茶玫瑰僅此一株，有很內斂的茶色，活得漂亮而無半分嬌貴。

下雨天，午間我睏起來，神氣飄走，我手上花草一度賴著彼此午睡。

我跟隨老師 Enzo 學的是德式綁花系統，德式綁花強調空間感，也看重自由。自由是語言以外的表達，每一次綁花，都是對自然環境的模擬與致敬。而一個人綁的花，真的能顯現他的內心活動與精神狀態——下午的我，千真萬確，十分愛睏。

花已經告訴我了。

剪花腳,入水袋,層層包裝,繫上蝴蝶結,全是細節功夫,好像照顧一個生命一樣。老師說,做得好的要訣,就是不斷練習,不厭其煩,不停去想。其實萬事萬物的道理都一樣,習花,也是一件沒有捷徑,不要截彎取直的事情。

扛著花,搭捷運回家,感覺自己有花,所以富有,手上有一座盛開的移動花園。所有的花草都如其所是,在我的手中展現自然的樣態,得以被看見。

想起先前讀到古典水彩植物畫冊《植物情人》作者黃湘玲的訪談,她在五十三歲後決定開始畫花,以水彩工筆挽留自然的花草之美。她說,畫花,就像在紙上插花那樣,而花是人類最視而不見的禮物。

我也感覺,若我們有福分看見,並在一束花裡放鬆感覺,大概就會知道,我們從未真的遠離自然。

歐姬芙的花，一種懷抱好奇的觀看

喬治亞・歐姬芙（Georgia O'Keeffe）喜歡畫花，並且喜歡把花畫得巨大，她以鮮豔奔放的油彩畫筆，zoom in 再 zoom in，深入花的內臟與心房。

在 1920 年代，世界第一次用這樣的視角觀看一朵花，罌粟、海芋、鳶尾、劍蘭、曼陀羅、荷包牡丹、藍色牽牛花，那樣的眼光，深深震撼當時紐約藝術圈。歐姬芙說：「沒有人真正看過一朵花……我把花畫很大，這樣人們才會驚訝，才會花時間欣賞。」人們沒有時間，去看所有我們以為自己早已看到的東西。

敞開的花芯，層疊的皺褶，舞動的花葉；兩株海芋倒臥花葉彷彿不肯醒來的賴床，豔紅的美人蕉體內有火焰熊熊燃燒，罌粟花的燦爛與張狂。畫布上的白色花朵以其蕊芯直

視前方，渾然不覺自己會在 2014 年，創下 4440 萬美元的拍賣天價。

放大一朵花，縮小一幢高樓大廈，極其安靜地，挑釁摩登世界的丈量尺度，或甚至表達她並不在乎。歐姬芙在乎的，是更接近本質的東西。花的顏色、形體、曲面、輪廓、皺褶、細節、內裡，她厭煩花朵被看作生殖器官，抗拒自己所有的畫被延伸為女性慾望的表達，可惜所有的花朵最終被看作「性」的隱喻。我經常在想，或許歐姬芙想表達的，是一種跳脫人類秩序，越過人類本位邏輯的觀看。單純只是觀看，像一隻瓢蟲路過一朵牽牛花一樣的觀看，像一架民航飛機飛越地球高樓大廈的觀看。一種懷抱好奇的觀看。

一種更接近動物，或是植物的觀看，那麼說不定，我們就有機會重新去認識一朵花。在綁花的時候，我常常這樣想。

每一次與花相處,都在學習如何重新觀看。清理掉所有我們以為自己已經看到的暫存記憶,像是清除瀏覽器的快取,於是我們用新的眼睛,再看一遍。看花的顏色與形體,看花的綻放與閉合,看花如何與光線、微風、萬物互動,最後堅定不移地,只是它自己。

送你一朵花

喜歡在玄關放花,除了聽過「放鮮花會招財哦」的命理老師說法,更多是為了在每次回家時,都感覺到花的歡迎。家裡有花,好像看不太到動靜,但其實有什麼已悄悄物換星移,生命翻頁,房子會很有精神,也會養出一種豐盛飽滿的能量。

放一盆花在玄關,一盆在書房,再擺一小株在客廳,走到哪裡都可遇到花,提醒自己,不小心忙得像快打旋風時,依然記得養一雙欣賞的眼睛,停下來,觀賞花的變化,欣賞它們不為什麼而綻放,存在本身就是美。

早晨澆灌花朵的時候,也感覺像澆灌自己的內心。

邊替花換水,邊整理花材,知道有些角落吃不到水,有些

花葉是受傷的，有些局部已該自然代謝，有些時間已經過去。生活也大概如此，有些互動不盡人意，有些事情難以控制，有些心情已不合時宜，有些時間終將過去，記得也要時時清理日常生活的內裡，翻出來曬一曬陽光，像整理與愛護一朵花。

花總是變化，花用人類肉眼無法輕易察覺的速度生長、開花、凋亡。我們的生活也是如此，總有些什麼要新陳代謝，騰出空間，才有新的氣象可以生成。而花不必完美，花就是花。花的變化就是它存在的一環，也是它美的等式。可能因為如此，我越來越覺得永生花不適合自己。永生花像花的標本，暫停了它的瞬間。

在生活裡擺一束花，有時候也是為了提醒自己，生死與變化其實距離我們十分靠近。不遠，只在一個呼吸以外的地方。於是每個現在，都是重要的現在。

我越來越喜歡送花給朋友。送花是一種具象的精神打氣，

也是一種明亮的想念——跟你說喔,我在行經花店的時候想起了你,於是選了幾朵像你的花,送到你手上,送進你的家,希望它代替我關心你的日常起居。

送花,也是送出具體的訊息。每朵花身上都帶有不同的能量與氣質,有自己的花語。桔梗的花語是不變的愛,藍色鳶尾花的花語是想念你,非洲菊的花語是希望你永遠快樂。一朵花,自帶一個誠摯的告白。不只能用於婚宴或約會,也不限定於伴侶,朋友心情沮喪時,送上一把有朝氣的波斯菊,已足夠表達心意。

也喜歡收到朋友送的花。誰去花市多買了一點,就分送給友人一些。花是適合分享的美好事物,週末吃早午餐,友人拎一袋文心蘭送我,說下手重,買多了,也已經替花束包好水袋。提花散步,忍不住走到 CNFlower 再買幾把紫色小花搭配,回家時,覺得自己正被朋友與花溫暖著。

有位朋友擅畫油畫,送給我一幅花的畫像,讓我放家裡。

磚紅色的背景，數朵黃色花材帶葉，投入透明的玻璃花器，置放在白色桌布上。或許自作多情，我覺得那也是朋友衷心祝福我的方式。送花，不用言語。

畢卡索在1958年也畫過送花現場，兩隻手一左一右，一來一往，握著同一把花束，黃色的、橘色的、藍色的、紅色的燦爛的花。他將這幅畫命名為《和平的花束》（Bouquet of Peace）。送花出去，就是希望對方平靜、快樂，生活中有花的能量。

其實送什麼花都好，遞花出去，表明無論如何，花都會陪你經歷著變化，經驗著每個現在。

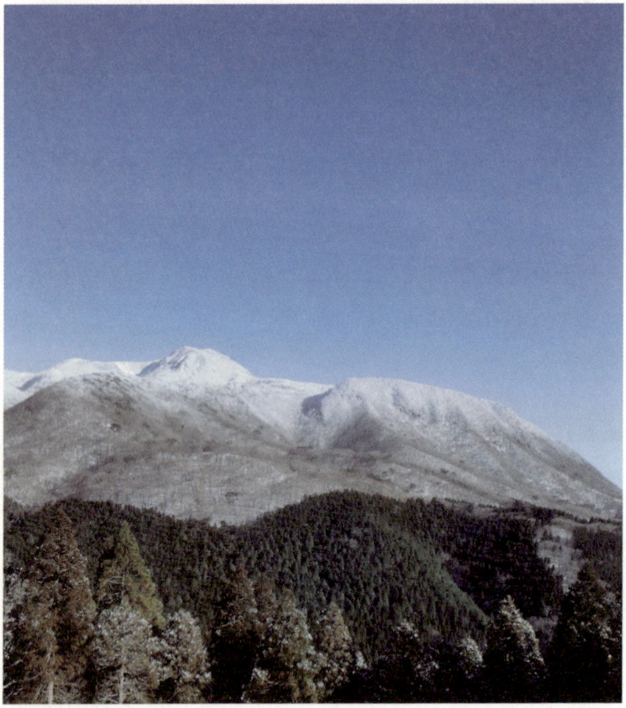

阿蘇火山

從由布院出發，抵達阿蘇。

三月的阿蘇火山，傳統慣例，以火燒荒燎原。燒是為了保留草原，讓其能再長出新芽。大自然在兩三週間，就能進行一次由內而外的更迭翻新，從滿土焦黑到嫩綠一片。我覺得這個故事很動人。生命的更迭，許多時候始於很深的黑暗，幾乎像死掉一樣。

所有的黑暗都讓人安靜，安靜是生命的土壤，冬眠一樣的存在。人們因而練習，用全身五官去尋找光源，呼喚光亮，或是取火。更多或許是，願意花時間，待在黑暗裡，學習自我陪伴。

黑暗裡，每個人也有一雙動物的眼睛。

於是會有幾個晚上，抬頭就看見星星，並且明白，星星一直都在，無論是否有光害。黑暗與光明，從來不是事物的兩極，而是季節一樣的事情。

樹也如此，花也如此，常綠與枯枝，綻放與凋零，都是它的季節。

花的不永恆,是它的一部分

早晨去花藝課,在捷運路上想,自己為什麼年紀越長越喜歡花。後來想到,因為花的本質就是時間,花含苞,花盛開,花凋謝,花的不永恆不戀棧,一直是它的一部分。

花挑戰了人們對於擁有的理解,時限可能就是花期綻放的二到四週,是可預見的無法,甚至也不必天長地久。

人無法擁有一束花。

因此,欣賞花,感覺就像以肉身參與一段時間的經過,欣賞它如何展現美的型態,學習它那樣的沒有強求,以及尊重時序。

一個季節如此經過了。

這堂課要使用海綿插花，花藝老師邀請我們先觀花識葉，然後直覺地寫下描述。我在花單的背面寫下了，栗子是誠懇的妖魔，綠石竹是蓬鬆的龍貓，針墊是高強的魔女，石斛蘭很清爽，感覺喜歡吃小黃瓜，毛全卷是有長者姿態的史前生物，唐棉是心地善良的炸彈，伯利恆是堅定的星星。

事後看自己寫的描述，簡直內心想著一個吉卜力動畫現場。我懷疑都是針墊在其中的關係。

老師接著請我們在心中設想一個喜歡的創作者，或懷抱一個明確的訊息來進行創作。這是花藝的命題作文，以花當作你的語言，跟它們合作，十分困難，也十分有趣。

替海綿削身，細細感覺首步的難以下手，和自己凌亂的腦內訊息。海綿插花，起手無悔，每步都留痕跡，可以看見自己的反悔與堅定，必然同時存在。而作品也在這樣的基底之上生長出來。

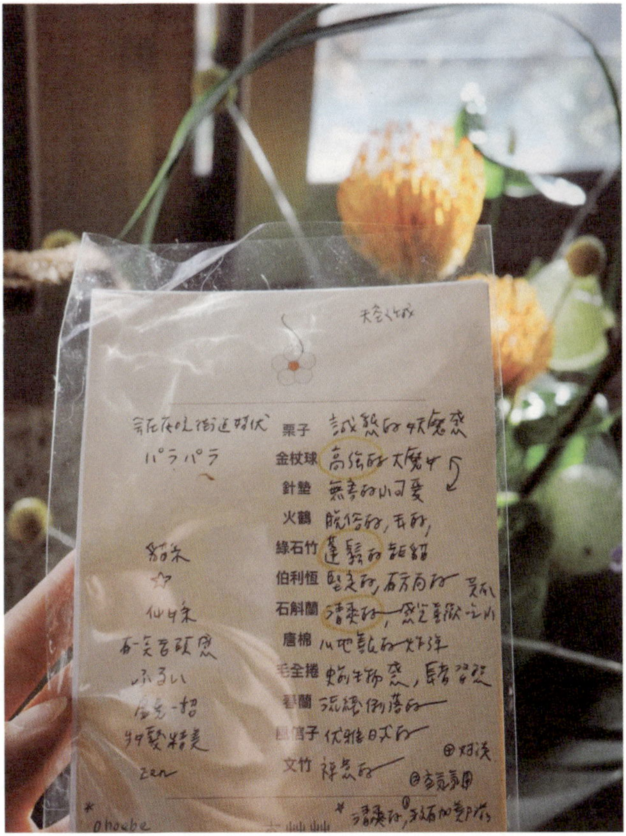

栗子
金杖球
針墊
火鶴
綠石竹
伯利恆
石斛蘭
唐棉
毛全捲
文竹

我喜歡花藝作品是立體的，有多面，每個角度看去都不盡相同，都是一則故事，一種說法。因此，有時你必須學會，得要退後三四步，才看得見全局場景，才知道原來後方空間不足，兩朵花正撞在一起，或是畫面有哪裡不協調。

我喜歡老師邀請我們思考，現在畫面中有什麼應該表達，而你覺得還沒有表達清楚的嗎？又有什麼在畫面中創造了雜訊呢？於是我們知道，真正重要的，是讓每一次的手起花落，都更接近自己想傳遞的訊息。習花，練習的是不斷靠近。

跟其他同學一起練習插花，也是偷窺別人怎麼思考，怎麼用花安靜地表達，並且欣賞與自己不同的眼光。班上同學的作品總是讓我學到許多，啊，原來還能這樣想。比如說，有同學真的用花葉材料，做出了心目中的天空之城。

從想像畫面，再到試錯、調整，最後端出成品，習花就是

在不斷地自問之間匍匐前進。有直覺的，有經驗的，也有實驗性的。直到完成之前，或許我們都不會知道成品是什麼模樣。

上課結束，老師為每個作品留影，無論完成度的高低，都是值得被欣賞的作品。老師會簡單說明她喜歡這個作品的什麼、哪些地方處理得很好，讓我感覺到一種對於創作的敬重。

花藝課堂上的我們，正經歷著與花互相完成的時間。那有可能是比擁有什麼來得更寶貴的東西。

花用側臉示人

趁著有陽光的好日子,我們一群人攜著剛綁好的花出門,把花抱在胸口前方,像在呵護一種完成。

一個花束的完成,是很多很多的專注與放鬆。

理花以專注觀察,肯於割捨,讓花漂亮的地方得以被看見;綁花的手腕放輕,握著綁花點,做出螺旋花腳;包花用一手造出空間,像花束也要有蓬鬆瀏海,下手要輕。習花的時候,一再提醒自己,專注與放鬆,不是互斥的概念。人其實是可以又專注又放鬆的,花藝就是這樣的練習。

春日的花優雅非常,我尤其喜歡的,是有名門氣質的宮燈百合。老師說,宮燈百合的花,由下往上開,下方的花若

是萎了，就要捨得剪掉，讓上方的花苞，有足夠養分可以開花。

綁花的時候，練習的是一種節制。花束常有正面與背面，老師說呢，我們很容易在正面下許多功夫，因此花的正臉經常顯得十分用力，透露過於強烈的訊息。這時候可以練習將花束往左或往右轉30度，讓花用側臉示人，創造一種「美得不費功夫」的感受。

美得不費功夫，不著痕跡的用力，有所節制的創造。這樣的練習，可以套用在許多地方。

春天的紀年

春節常見蘭花，老師選東亞蘭做靈感，有臥虎的斑紋與神氣，取其身上的紅橘兩色，栽成整盆花的姿態，亮燦燦的虎年桌花，預告了虎年是燦爛奔放的年份。以花紀年。綁一桌花給來年，讓它盡情熱鬧。

第一次插桌花，留意到空間感跟綁花有很大不同，幾乎是360度，像在練習用更全面的視角觀看自己所擁有的，並且學習配置，學習調度，學習統合，讓我已經擁有的那些，如期如分，從各個角度神采飛揚地被看見。

先下東亞蘭，再走雪柳。起步下手很慢，不知如何料理。老師說，有時站著，有時坐著，會看出不同風景，看到實際空間還有許多。右側留給曼谷腎藥蘭，恣意地全紅成一片；左側留給深紅的大理花、火鶴與重瓣小金菊，高低

錯落,每朵花都在自己的時區——只要站對時區就是「C位」。文心蘭垂著腰,就要溢出邊界,伸手抵達更遠。

班上有位同學插得飛快,花也精神,她說插完後還要去接小孩呢。全班哦的一聲恍然大悟。回想經常在花藝課遇到最神速下手的,全是有孩子的母親,可能那段時間,她暫時不必扛下世界,只專注眼前有花,是她全心全意作品。

其實覺得,自己喜歡綁花插花,也是因為那一段能夠全心全意,去成全與靠近美的時間。美沒有 SOP,沒有標準,沒有對錯,只有學習,反覆學習,並且靠近。

拎著金虎桌花搭車回家,感覺彷彿拎著整個宇宙的祝福——宇宙的祝福很大很大,去看見本自具足,心懷感謝,有豐沛的資源,有呼吸的空間,有各路的應援,支持你時時刻刻,長出本色,活得神氣。

看著這花,我這樣跟自己說。

觀看一束花，或觀看一束花的繪畫，
其實有時候，都是為了感覺那種恣意勃發的生命力。

夏季

與花同居，不必活得太過整齊

Summer Wild

花的精靈路過

沒有放晴的台北，有種即將落雨，憋著不哭的心情。在家裡做瑜伽，企圖把自己身子烤暖。前往淡水的路途，回想上午瑜伽老師的談話。陰冷的天氣，很難不覺得，心情合情合理也可以有點陰陰的。

瑜伽老師談了一件我覺得很有智慧的事情，她說，我們都要開始練習從人我是非中退開，不要輕易進入主觀評論他人的情境，或是那種絕對的正義。在貪嗔癡慢疑的五毒裡，嗔心對於一個人的傷害最大。處事如此，與自己有關的事情積極處理，與自己無關的就保持距離。動了想生氣的念頭，反而要自我關照，理解生氣背後，什麼正困擾著自己。

我有時候覺得，靜靜欣賞一朵花的時間，不去言語，沒有

目的，也是一種近乎冥想。而我們安靜地為一朵花日常換水、整理枝枒，為它的發展去蕪存菁的過程，老實說，也是在整理自己的生命狀態。

抵達淡水，天空終於哭了出來。人們躲在室內，精神性地取暖，每個人頭頂都彷彿有朵烏雲。

在活動現場，偶然遇見花，覺得心裡有什麼東西確切地明亮起來。有花的地方，有流動的能量。選了平時少用的紫色系翠菊，配蕾絲，還有粉色翠珠，花店老闆多送了我幾株補血草。整理花束時，老闆說我是有在綁花的人，所以他刻意留著長長的綁帶不剪斷，可以重複用哦。花的交易現場，總是有很愉快的氣氛，彷彿帶走的除了花，還有一些別的東西。

翠菊常見於庭園，是有大器感的花朵，而翠珠和蕾絲看上去，有點像姊妹淘，溫柔慵懶恣意靠在一起的樣子。我抱著花束在懷裡，覺得花的精靈正從頭上路過，在我心上灑

一點金粉。

我喜歡買花,因為提著花在路上不只自己看見,也可以跟他人分享,邀請路過的人想像一個有花在手的世界,會是怎麼樣的呢?回程公車上,一人害羞地拍拍肩膀問我,花在哪裡買的,很漂亮。我和花都很開心。花大概也跟人一樣,喜歡被讚美。

把花背著,與友人去吃黃記滷肉飯,再騎著腳踏車,載花回家,覺得也能灑下一點金粉給沿途遇見的陌生人。

總覺得最近,需要花的日子,就會遇見花。想念花的時候,就會看見花。花知道我們有需要,就會出現。

創作一盆花

該怎麼,創作一盆花,像創作一篇故事?

我的花藝老師 Enzo 的方法是這樣的——憑直覺挑花。容許自己空白,不帶假設,前往花市憑直覺挑花,哪朵花入了眼,就由它做起點,無論同色系或跳色系,蔓生出整片花園。

她說,決定這次上課想做點看上去奇幻的花圃,證明桌花不只是乖乖牌,也可以很頑皮的。

於是我們每個人的桌上都放了一叢與世不爭的綠色小島——一切的起點是如精品小廢包的葡萄風信子。

葡萄風信子,植株矮小叢生,由頂端簇生十至二十朵串鈴

狀小花，花序如葡萄串，看上去很可口的樣子。配上蓬鬆如毛怪的綠石竹打底，搭配自帶網點的花格貝母，望過去是一格格馬賽克，性格強烈。染色的鬱金香輕輕探頭，名為「紫耳朵」的火鶴十足奇幻，還有紫色的巨輪萬代蘭。因為過往常被應用在正式場合的關係，萬代蘭不免給人一種很強的長輩感，不過跟這幾株調皮晚輩叢聚，反倒展現出它罕見的叛逆。老實說，我更覺得，沒有巨輪就沒有這樣充滿魔法感的插花畫面。巨輪彷彿時空入口，偶然行經，危險的好奇心驅使我們掉進兔子洞，抵達愛麗絲夢遊仙境的下午茶聚餐。

我從來沒想過，原來桌花可以是這樣子的。像撥開樹叢，意外發現世界有其他的樣貌，有另一種行進軌跡。

突然想到，AI 逐漸參與並滲透我們的生活，市場上兩派意見在拉鋸，主張人與 AI 是良性合作關係的，或擔心 AI 最終會威脅人類的。我反而一直期待有 AI 介入，整理各種 SOP、應付各種日常問答，甚至充當人類的情感支持

對象,是不是反而,人類被禁錮已久的創造力,終於也可以破繭而出?

人類是不是能更放肆地去寫詩,去跳舞,去捏陶,去畫畫,去動手,去創作,去嘗試那些危險的、意料之外的、不在資料庫內的一切。世界存在一扇隱形的門,我們必須不斷嘗試,徒手,甚至光腳,像瞎子摸象,才能摸到那門把,把門輕輕扭開。

立夏這天,桌花迎接,奇幻得十分自在,我感覺那幾乎是種寓言。世界上最厲害的魔法,肯定是對世界永恆的好奇,還有毫不膽怯地打破與再創造。

我們這麼幸運,活在這樣的時代,活在這樣的變動之間。

旅行時看花

開始綁花以後,無論去哪裡旅行,都想看看當地的花店。

去了趟東京,信步閒晃,來到下北澤頗有人氣的 Reload (リロード)。下北澤有好吃的野菜咖哩,也適合漫無目的,悠哉散步,看沿途有花有樹,指認不出名字的所有,也都可以在你心上停留。

逛香氛店,等一杯濃抹茶的時間,晃進隔壁一家小小的花店,店名是 flo.dance,與花跳舞的時間。店門口放著倒置的叢叢葉材,店裡有鮮花,也擺有乾燥花,花的前世與今生,十分和氣地平分一個空間。一張大桌,以花桶擺放各色各樣的新鮮花材,熱鬧非常,喜歡穿梭其中,被花的各種漂亮迷惑得不能自己。而老闆娘有一張如店內氣氛的,時髦也親和的臉。

店裡不能拍照，所以我的眼睛一路吃得很飽。說是想看花店，或許我更想看的，是那些與花認真相處的人。作為花店的主人，他們如何以花作為無聲的語言，透露自己是誰，而那樣的語言又將如何感染每一個路過的人。

當然有找不到花店的時候，也不必強求，就走進路邊公園，欣賞路邊野花。野花野草的生命力，喚醒無精打采的所有路面。後來我發現，確實一旦注意到了花，就會不斷在各個地方發現它的存在。

下一段旅途往南方跑，抵達福岡。福岡有接近台北城的氣質，空氣中有陰濕的雨感。逛福岡美術館時，遇見喜歡的作品，漂亮到我想一直記在心上。

作品來自藝術家因卡・修尼巴爾（Yinka Shonibare），他經常藉由創作表達文化認同，關懷著殖民、後殖民主義與全球化的議題。作品的名字是《射擊櫻花的女子》（Woman Shooting Cherry Blossom），女人穿著帶有殖民

色彩的鮮豔服裝,把來福槍抵在肩窩,散出的子彈卻是櫻花盛開的形狀。他以一顆地球儀作為女人的臉,女人以花作為武器,以美來回擊這世界的所有不公平。

我喜歡觀看藝術作品裡出現的花。事實上,許多藝術家的花卉靜物畫,經常在拍賣會上刷新交易紀錄。我想那是人類集體的情不自禁。

之前看朋友在旅行途中,即便只在該城市待個兩三天,也去買花。不為什麼,想看看當地花店怎麼選花,也因為買花心情好,留下來的花投入盆中,可以留張字條送給民宿主人。

用花留下訊息,我也要學起來,當作旅行的便箋。

要是真沒遇見花,也錯過了花店,還可以去逛植物園,看當地的風土氣候,會孕育什麼樣的花草樹木,容其恣意生長,植物園又用什麼樣的角度整理,介紹給來人。

逛植物園的時候，花與樹一起欣賞，覺得自己的心，也安靜地像是落葉。

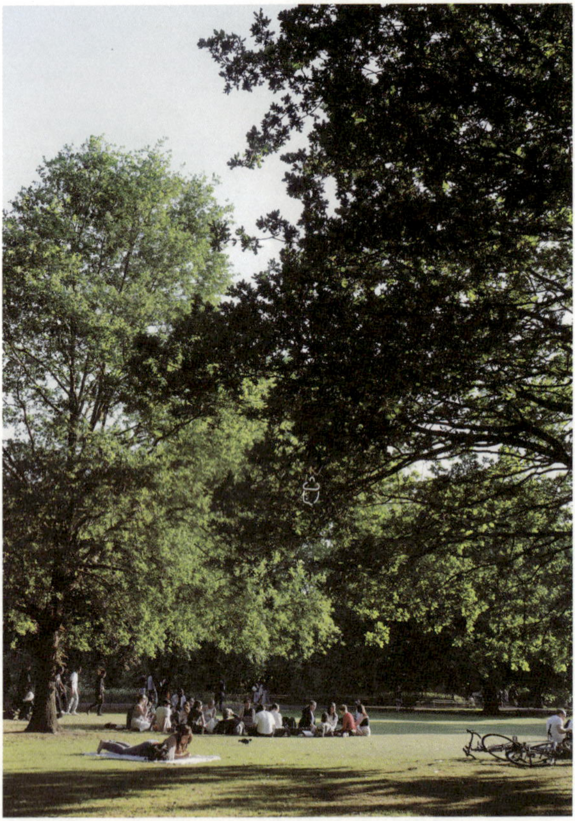

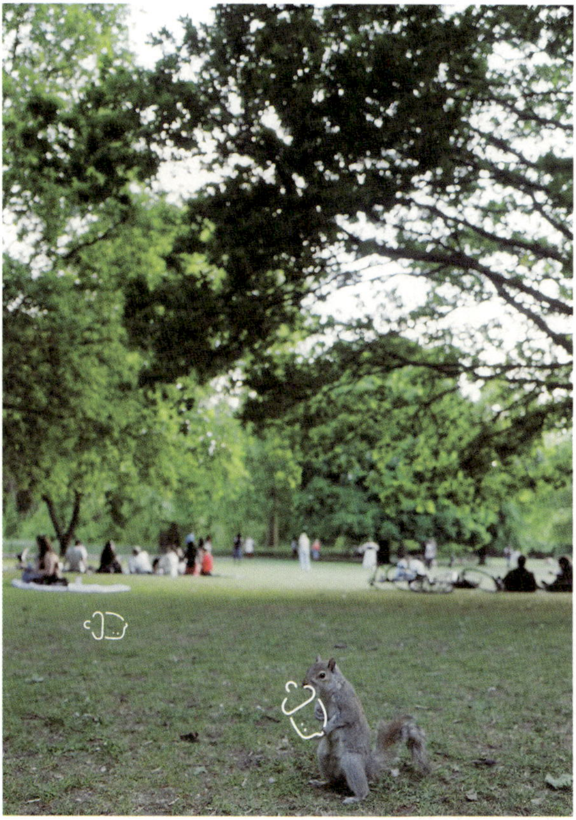

跟花一起在倫敦住了下來

飛行，抵達另一個時區、下一個季節。那裡有花在城市街角盛開。

飛抵倫敦時是夏初五月，氣溫偶爾還是會低到不可思議的十度以下，需要戴上一頂毛帽取暖。把手緊緊插在大衣口袋，帶自己出門散步，初來乍到，我偶爾感覺，最好的方位座標，有時候反而是自己持續行走的肌肉記憶，以及在路上遇見的花草。

一直往前走，路就在前方，還能遇見花。

五月的倫敦，春日櫻花讓位給紫藤與藍鈴花，城市一部分染上藍紫色的濾鏡。路上行走，遇見花並不稀奇，家戶門前理所當然地栽起幾株自己喜歡的開花樹木或觀賞植物，

像是每家遞出的不同名片。並不是第一次來倫敦，不過用習花練習生的眼光再看倫敦，會發現這個城市，處處有花。

聽過關於藍鈴花的軼事一則，據說藍鈴花在英國三島的數量，超過全世界的三分之一。英國政府為了保護英國原生的藍鈴花種不受外來種影響，規定若私販藍鈴花種子，或將野生藍鈴花拔起交易，每株將罰款 5000 英鎊。小道消息，難以考據，不過我喜歡這種人類對花的在意。人與花，實際上都生長同一片土地，可把彼此當作鄰居。

即將在倫敦旅居生活一季，安頓自己，偶爾也至住處鄰近的海德公園，走一條散步路線，看即將盛放的玫瑰園，顏色繽紛亮麗的鬱金香田，或是路邊生長的一叢一叢蕾絲花，自在地，搖曳地，因為路人輕盈步伐掀起的微風搖擺。倫敦日落晚，光線斜斜地穿過花身，投影地面。光與花的嬉戲，我看得目不轉睛。有一瞬間，彷彿時空靜靜按下了暫停鍵。

想起綁花時，老師曾經說過，我們透過綁花、投瓶、插花，思量花的配置，去模擬它們在自然環境裡的野生狀態，回應一種不整齊、自在的凌亂。突然理解那是什麼意思了。我們大概也是透過不斷綁花習作，在手心之中去想念自然。

週末，晃去距離住家不遠的 Notting Hill，穿過 Portobello Road Market，抵達 Campden Hill Road，沿途路過許多古董、市集、有趣小店，感受此區蓬勃旺盛的生命力，感染每一個路過的腳步。不斷吸引我目光的，也有一整片的玫瑰花牆，以及家戶悉心整理的花草樹木，紫藤花、山櫻花、玫瑰、已無花的櫻花樹，還有無法指認出名字的更多花草。在陽光下散步，花精神抖擻地伸展，像貓享受著日光。

剛落地一週時，還在習慣倫敦生活，調整時差，建立時序，不過有花讓我感覺心裡好踏實，像是有個老朋友就在這裡。

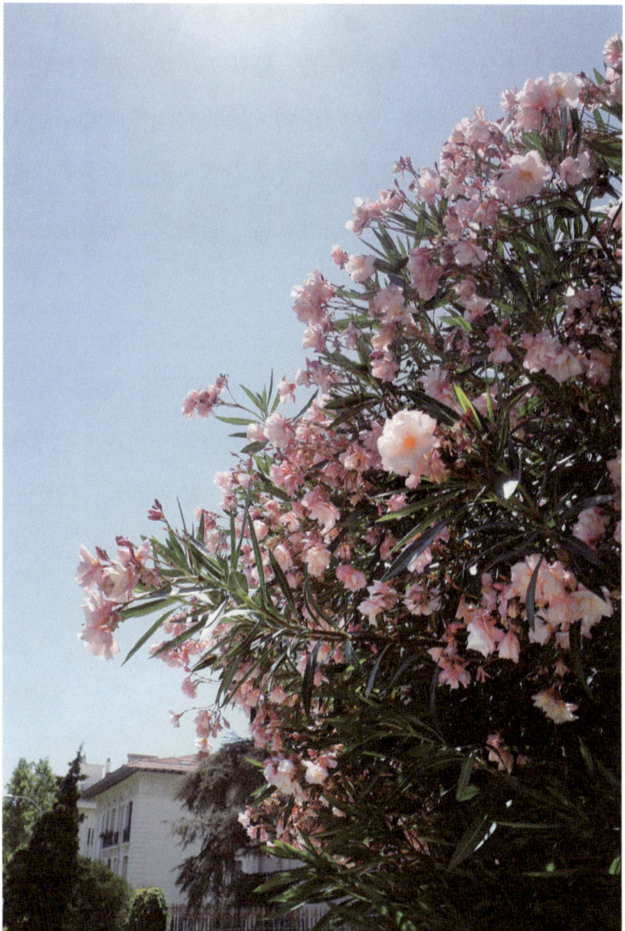

家裡附近的生鮮超市幾乎無一例外，全數有花，通常用桶子裝著，十分豪氣，有配好的一把花束，也有賣單種花，一整面望過去，簡直一手同花順。倫敦的配花邏輯，是不客氣的盡情鮮豔，各種顏色、各種姿態，不擔心人看，也不擔心和諧與否。每一座城市，每一個國家，都發展出各自喜歡花、與花相處的方法。

我選了幾朵鬱金香，再買了喜歡的花器，回家投瓶。無法在門前栽一棵樹的時候，誠誠懇懇地整理一盆花，也是相似的道理。把花放在窗台，為它照光，給它餵水，出門回家，會感覺到花的歡迎。

此時此刻，我跟窗邊的鬱金香一起，在倫敦住了下來。

綁一束花送媽媽

台中家，進門換鞋的長廊，掛著我媽從前畫的橫幅水彩畫。

畫中長著多株淡黃色的矮牽牛花，或高或低，牽牛花的綠葉上站著兩位小小的花精靈，翅膀輕垂，背對著我，看不見臉龐。而畫面中天還亮著，兩位精靈望著眼前朦朧的月亮，像是在許願。我一直覺得，媽媽畫的，或許是她少女時期的夢境。

可能，在另一個時空裡，我媽沒有選擇做職場主婦，養三個孩子，而是成為藝術家，住在被矮牽牛花包圍的鄉間小房，日夜也畫畫。她常常在畫旁擺上幾朵花，偶爾是蘭花，偶爾是其他，看她心情。

我從小就覺得我媽像藝術家，除了有好幾次，我偷偷請她幫我完成美勞課作業，她總是端出讓人驚喜的成品，我常常也感覺她內心有一個部分，不會隨著年齡漸長，總是這麼年輕。直至六十歲，她還是對世界充滿嚮往，有想去的地方，想完成的事，有一顆依然跳躍的赤子之心。

上花藝課時，偶爾有這樣的念頭，想綁一束花，拿回家送媽媽。要送我媽的花，必須是初戀粉色系，回應她從零到一百歲都會盛放的少女心。

課堂上，我選用非洲菊當主秀，配上搶戲的野生雞冠，石斛蘭低頭嬌羞，地榆頑皮奔走，紫薊頭髮亂了，柳葉尤加利安靜襯底。少女本有百態，不必活成同種樣子。綁到一半，欣賞一下隔壁同學的花──哎喲，不錯哦！老師的挑花配葉，總是留意不要太乖，或太工整，畢竟綁花不是立正站好排隊，於是每每召喚自由派，如雞冠、地榆，替整束花開窗，有空氣進來。

綁花經常如此。花材是各自的美，綁花完成時，就美成同一幅畫面。

拎著花回家，我媽忍不住問我，為什麼開始喜歡綁花。我說，好像生命中很少有這麼純然賞心悅目的事情，綁花是盛大的美的現場，一次次地練習，覺得自己也在鍛鍊觀看美的眼光，參與美的正在發生。

以前不喜歡花，有交往對象時，還會跟對方強調，千萬不要送我花哦！年輕的時候覺得，花期太短，不夠長久，未免可惜，內心哀傷。長大以後，經歷了一些什麼，反而覺得，花最美的地方，就是它有時間性地綻放。花就是時間本身。

花的不永恆，不戀棧，就是它的一部分。當我們跟花相處，就像跟我們的生命相視凝望，時間在我們面前，生死在我們左右。而我已經長大，沒有以前這麼怕了，不怕美消失太快，畢竟我已經看見，也明白了，不用感傷。

我感覺，那也是我媽想告訴我的道理。人生貴在經驗，若是可以，什麼都去經驗一點，無論快樂難過。

她沒有經常說出口，而是透過她的選擇反覆表達。那一年沒有實現的夢也並不可惜，可以收藏到畫裡，可以收留到花束裡，或是放在永遠還想冒險的心上。

花從來都不合群

開始習花後驚覺，人說做花藝需要眼光，老實說也需要體力。

週六晚上，扛十四種花材加兩塊吸了水的海綿生成的移動小花園回家，像扛十六公斤壺鈴穿越整座台北城。捷運上幾個老先生老太太，朝我投來慈祥關愛的眼神。我猜，捲高所有花藝師的袖子，應該看得見扎實的二頭肌。那個，姊可是有練過的。

學花藝時，常錯覺自己是魔法師的學徒。花藝魔法的基礎是眼光，美的背後則是勞動，每次上課時，我總是恭恭敬敬地插花，因為知道那是老師折返三趟才順利運回的花材葉材。花藝師全都是看上去優雅、內在核心十分堅實的生物。

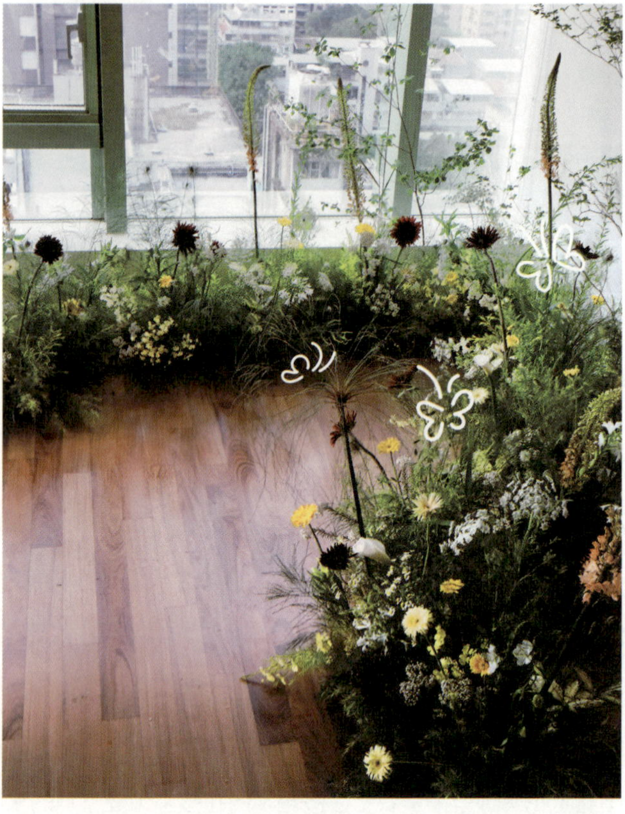

連續兩堂課用海綿插花,這次要插的是地叢花。本次的選花參考教室配色,木頭地板與綠色窗框,讓我們用一片綠以及帶黃帶紫的花材,搭建一座空中花園。

插地叢花講求野生,結穗淘氣的虎尾百合挑逗畫面,綠色的大莎草量多取勝,是迎賓系擔當。向日葵立正站好很有朝氣,純白的海芋一派正經,蕾絲垂著腰桿搖曳,文心蘭往前探頭,我耳邊響起林宥嘉唱過的那句「是誰闖進我的場地」。

選花配色,是一種主張,一場遊戲,一張名片。

整班同學窩在地上插花,用幾乎與花等高的角度想像生長。老師提醒:「花不要插得太工整哦,會有點呆呆的。你看,自然界裡頭的花草從來長得並不整齊劃一。回想看看你們曾經走進的花園或森林,花從來都不合群。」

花從來都不合群,甚至也不信仰整齊,人或許也能如此。

我欣賞同學下手大膽，插出的花奔騰恣意。海綿插花的練習是凡走過必留痕跡，下手有洞，起手無悔，考驗直覺。老師又說，若想再練習一次，把海綿翻個面再插一次也行，像開始過人生的 B 面。

啊，插花久了反而覺得有點寬慰，其實亂了就亂了，錯了就錯了，在可以調整的範圍調整，真無法更動了就接受。那既是自由的，也是包容的；既是安靜的，也是開創的。

跟自然界的花草學習，我們也不必活得太過整齊。從頭來過，把自己翻一個面，讓自己從未露出的那一面出來透透氣，也沒什麼不可以。

花莖如魔杖

週五下午,請半日假,乘著陽光去上綁花課。累積幾週的疲憊,一下子在花的面前鬆開。

這次用的花材花莖軟,難度加一級,且有的花莖曲折如魔杖,葉材橫飛,或文心蘭高人一等,手要放得更鬆一些。理花時,跟自己說,就像「去去武器走」,不貪心,必要捨棄。老師說,即便都是螺旋綁花的技法,每次綁花還是有不同的花材組成,沒有一束花會跟另一束相同,你也無法永遠用同樣的方式應對。

花的可愛便是這樣。花的困難也是這樣。

綁花時,我們常會用到十種以上的花葉材,花材葉材皆美,各有姿態,可以偏心,不必分高下。綁花要思考的是

留意布局,創造呼吸空間,讓每朵花都如其所是,好好地被看見。

後來想想,覺得也好像帶團隊。團隊組成不同,戰力各異,需要亦然,組在一起也是奔騰豐盛的圓,看得見每個人在其中的樣子。每個人都重要,每個人都值得被看見。

今日綁花心情很輕,當花自由的時候,我也感覺自由。

剪花腳,繫繩,穿上外衣包裝,組織成花束,又是另一個樣子。肆無忌憚地稱讚花束可愛,總覺得它又更加可愛了一點。

擁有花一束,提著一籃如提著世界級盛大的可愛,走入每個下一刻裡。

雷諾瓦的花，是生命的現場

移居倫敦後，只要得空，經常想逛美術館與藝廊。

去逛了考陶爾德美術館（The Courtauld Gallery），是倫敦知名的藝術史教學研究中心，藏品豐富，在一棟方正建築中，一樓至三樓循序漸進，展開了不同時期的藝術作品，從中世紀到十九世紀，還包括印象派時期精彩的藏品。我去參觀的時候，春夏交接，美術館正巧展出印象派的增設特展「Goya to Impressionism」，抖開莫內、馬內、梵谷、竇加、雷諾瓦等人的生平與畫作。

今日廣受大眾歡迎的印象派，看上去溫和謙讓，在當時可是被視為激進反動的畫派改革。1860 年代末與 1870 年代初，有群藝術家渴望跳脫學院派框架，探索全新的繪畫技法，他們走出畫室，來到有光影的戶外場景，從當時的摩

登城市樣態、中產階級的城市休閒，以及日常景色中，大量汲取靈感。

我感覺他們試圖碰觸的，也是過往的繪畫技巧，只是早已不足夠描述他們所處的這個當下，因此需要發明。

我最喜歡的，還有印象派的名字由來。1874 年，莫內的《印象・日出》（Impression, Soleil Levant）首次展出時，遭到評論家無情批評為「徒具印象，毫無準確形體」的畫作。印象派藝術家們則感謝評論家巧妙賜名，大方擁抱這個評價，定義自己為印象派，在下一個十年間連續開了七次展覽。

有時候在看這些介紹時，內心會有陣陣漣漪激動。歷史上的前輩們，真是活得十分帥氣。

若把印象派藝術家們一字排開，雷諾瓦顯然是其中偏愛花的。梵谷喜愛向日葵的姿態，莫內著迷睡蓮的季節變化，

雷諾瓦鍾愛玫瑰與薔薇。儘管前面兩位名氣更大，但我更喜歡雷諾瓦畫的花。他的花讓我感覺到生命本身。

雷諾瓦出生工人階級家庭，十三歲時曾在瓷器工廠工作，累積了繪製瓷器的經驗，也畫過室內裝飾物、裝飾扇等。許多藝評家認為，雷諾瓦筆下那種晶瑩明亮的質地，跟他青少年時期的經歷相關。對他來說，畫作永遠可以出現在帆布以外的地方。

雷諾瓦畫的花可愛、甜美、溫柔，常有躍出畫面的靈動，與自帶歡愉的氣質。

他畫花在花園草地，畫花隨意放置花瓶，畫花在日光下豐盛搖曳，畫花拿在女孩手上，畫人們穿梭花田之間，畫花是人類生活中的重要一部分。花卉畫其實是靜物畫的一環，不過雷諾瓦筆下的花，有一種天然的動感。常常看他的畫，會覺得他一定是一個喜歡花，日常也跟花常常親近的人。

在雷諾瓦不同時期的花卉畫裡，可以捕捉他從寫實派到印象派的變化，逐漸明顯的繪圖筆觸，逐漸朦朧的色塊形體，他的花，跟他的畫一起變化著，見證他一步步靠近，並成為印象派的重要一員。

買了張雷諾瓦的 A4 複製畫《百合與溫室植物》（Lily and Greenhouse Plants）回家，想掛到牆上。於是家裡能有花的實體，也有花的記憶。

觀看一束花，或觀看一束花的繪畫，其實有時候，都是為了感覺那種恣意勃發的生命力。

擁抱一棵樹

抵達倫敦一個多月,等待春光明媚的日子去邱園(Kew Gardens)。從市中心出發,前往位於里奇蒙(Richmond)的邱園車站,不遠,約40至50分鐘左右大眾交通車程就能抵達。

在十八世紀時,邱園為皇家私人花園,廣納世界各地植物物種,直到1840年轉由政府接手,設有熱帶溫室和溫帶溫室,其中包含五萬種珍稀植物。在2003年,邱園正式被聯合國教科文組織列入「世界文化遺產」,成為全世界重要的植物保育與研究基地。聽說這座花園四季都漂亮,春日賞櫻,夏日看玫瑰,秋日楓紅,冬日有聖誕燈光。

在六月中拜訪邱園,太陽炎炎,有高聳橡樹引路,玫瑰花朵朵盛開,襯著後方熱帶溫室和前方池塘,樹影搖曳,鴨

群划水，人們懶在草地上，野餐、飲酒、聊天。拜訪植物園的時候，總讓我覺得那就是世界和平相處的樣子，眾生平等，自由生長，彼此欣賞，不必打擾。我們明明可以如此。

十分喜歡看植物園裡的大樹們深根扎地，枝葉繁茂，搖晃成蔭，看它們活過好幾百年，年輪一圈一圈，見證人類歷史來來去去，知道沒有什麼是永恆的，我們擁有的不過是風的記憶。心上若有疙瘩，躺在樹下，手撫摸草地，跟樹一起呼吸，心會慢慢變得乾淨。說不定還會聽見百年前的回音。

佔地三百英畝的邱園，多花也多樹，玫瑰園、竹林園，也有溫室區，每一區都還原了當地風土。行經地中海花園區，一片煙霧樹，幾株薰衣草、鳶尾花與百里香，簡單擺一個休憩庭園，其餘都交給自然。人們看著花葉，隨風搖曳，偶有鳥鳴，像一首自然的搖籃曲，會想起來自己跟花草一樣，都是被大地養育的孩子。一直聳著的肩膀，一直

縮著的心臟，一直糾纏著的什麼，好像都可以輕輕放下，回到自然裡。

許多家庭帶孩子去邱園散步，親近樹木花草，孩子會好奇地問，那是什麼樹，那個花為什麼是這個顏色，並且自然地張開手臂環抱一棵樹，湊近臉龐親吻一朵花，追著鵝屁股跑，癡癡傻笑。在自然裡，其實是如此，人人也被允許，也不過就是一個孩子。

看樹直挺挺地向天空生長，看花橫向與風互動搖曳，感覺它們沒有界限地長大、存在著，內心會獲得許多鼓舞的訊息。越來越覺得，每隔一段時間，都要帶自己到植物園或森林裡走走。世事變化，人情冷暖，心情好壞，在植物園裡，有地方收留，最終煩惱也成為水蒸氣。

在逛植物園的時候，我也常想，人其實可以非常簡單地活著，非常簡單地，感覺幸福。

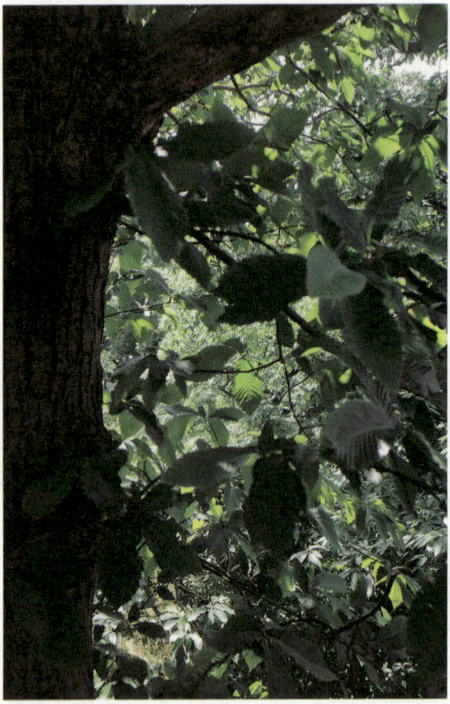

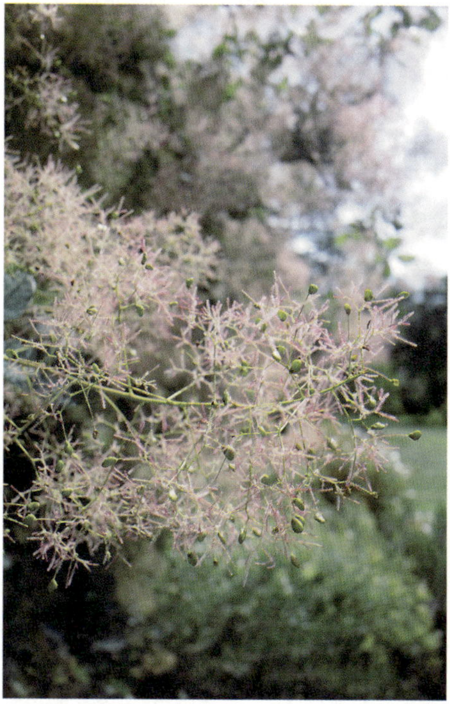

行走在樹林之間,靠近一片花園,人類的幸福,跟擁有多少,說真的關係不大。而是我們能多常感覺到,自己是群體的一部分,被歡迎與接納著。我們多常能感覺到,自己的存在本身已經足夠,已不需要更多。

大方觀察一棵樹,細看一朵花,它們並不擔心你看。逛植物園,像造訪日常使用花葉材的老家,看平時手裡的切花實際作為一棵大樹、灌木矮林或花叢的型態,看它們在自然裡奔放的樣子,也能找到日後與花相處的靈感。於是綁花的時候,我們也不斷地,致敬與想念著自然。

看到園區內一張海報上頭寫著「Our Future is Botanic」,我們的未來與植物息息相關。

邱園的研究團隊整理發現,一種名為 Enset 的植物,替衣索比亞兩千萬人提供主食;池塘內的植物,正為數百萬人生產更乾淨的能源;許多碳足跡,正被土壤默默吸收;花朵中複雜而多樣的化學物質,顛覆了癌症的藥物發現。如

果植物的生命停止,所有生命也終將停止。

我們感覺到的休戚與共,不僅只是感性層面的意義,實際上我們的生命確實與樹木花朵根莖相連著,相關著。那就是我們與自然連結在一起的方式。

當我們擁抱一棵樹,會不會其實最終也是擁抱自己。

Autumn Reflection

花不必永生,哪怕愛也一樣。
愛是要及時的,活著也是。

秋季

習花也惜花,花是一面鏡子

家裡有花，感覺營養

週日天涼，賴床，晚起，做瑜伽，給花束換水，再給家貓虎吉倒飼料。一直記得綁花老師說過，你怎麼照顧自己，就怎麼照顧你手邊的花。

後來覺得，萬事萬物都是如此，學會照顧自己，與自己心愛的事物，是一切的根本。不會就去學，沒關係的。

逛完梵谷展的隔日去綁花，老師在桌上放著一份荷蘭梵谷美術館買的信封，十分共時。我感覺梵谷最不收斂的情感，其實藏在他畫的花束裡頭。花真的勾引出了人類許多內在情感。

拎著週五綁的花，捷運路上，隔壁老伯問：「花真漂亮，哪裡買的？」我心情有點雀躍地回說：「自己綁的喲！」

回家後,投入姊妹們送的橘色花器,抱著橘橘的虎吉賞花,心情也橘橘的。

秋日的花葉材收起豔色,套上一層土色濾鏡,散發暖色系的訊息。我喜歡秋日的花葉那麼自在無爭,含蓄地歡迎,沒有逞強與用力,知道有人懂得欣賞。我也總是情不自禁地,在每一年的秋天前往綁花。

老師的選花彷彿為我們召喚秋天的荷蘭,並且說:「荷蘭也是橘色的喲!」荷蘭小菊,法小菊,是菊花的各自表態;非洲鬱金香野生,針墊淘氣頑皮,有分量感的煙霧葉,等待蓬鬆;來自日本的雪柳,葉面燙上土色。秋日是結果的季節,於是帶果尤加利與胡椒果來湊熱鬧,也有山尤加利,坑坑疤疤,有它不工整的美。我把咪咪草插在周邊外圍,覺得那就像花束張開手擁抱一樣。

秋日的花,有內在的溫柔,沒有誰爭做主角,所有花葉共同完成了一幅和諧畫面。如果人能跟花一樣,專心成為自

己，不求與別人相像，也是一種和諧的想像。

老師分享，在國外買花，通常不綁水袋，直接包牛皮紙做外衣，倒掛拎回家。覺得那樣的畫面十分可愛，就像買法棍回家一樣。

家裡有花，就是給自己的精神營養。

美可以有好多種樣子

花藝課，路上塞車，遲到十分鐘，意外得到一個面窗有市景的個人習花座位。太陽光斜斜打進來，晾在臉上。

立秋後的陽光，不刺眼，倒是擔心桌上文心蘭渴不渴。

桌上也有幾束檉柳——據說檉柳呢，就是觀世音菩薩手中握的柳枝。檉柳垂腰，帶著細碎的粉紫色花點，十分柔軟可愛，有一點來自異世界穿越時空的樣子，是班上同學票選的喜愛擔當。

老師問大家最喜歡哪些花草，點明原因，為的是，人有了好惡，就產生了關係，自此記住花名。同學有的喜歡排錢的囂張，有的喜歡澤蘭的淡然，有的喜歡雪果的可愛，也有喜歡秋葵的含苞。

我說自己也挺喜歡金線菊，喜歡菊花花期長，喜歡它可俗可雅，喜歡它可以是稱職的拜拜花，也可以是其他。簡直花中斜槓女王。

清理花材葉材，綁花，螺旋花腳，一圈一圈地在手綁點上栽出一叢花園。綁花沒有標準，而是追求觀點——你想表現什麼花，你想傳遞什麼情緒，你會怎麼布局花的姿態。老師說，許多時候讓她感覺美的花束，常常也是美在出其不意。啊，原來還能如此。

太習慣規矩與秩序，我們的生命也需要原來還能如此的時間。對我來說，綁花大概就是這樣的時間——心無旁騖，享受一種沒有標準答案的創造。不必著急去哪裡，或一定要跟誰對答案。

晚上帶寫作班，談到觀點是什麼。觀點跟我們的站立點高度相關，我們的生命經驗、我們的視角、我們怎麼看，跟其他人不會一模一樣。綁花也是如此的。

跟 Enzo 學綁花插花，走入第四個輪迴，我常感覺自己受到花的召喚，向美臣服。尤其是那些充滿生命力，彷彿來自野地與外星，我尚無法喊出名姓的花草。

我跟 Enzo 說，自己以前不喜歡花，是因為總在慶祝與節日收到花——那些花通常幾經趕場，匆匆忙忙地到來，一臉疲倦，有時了無生氣，生命脆弱，淪為一種太輕薄的象徵。也經常在收到的隔幾日就凋謝了，我還不懂照顧，就要送它們離開。我感覺到那些花與自己的無可奈何。

在 Enzo 的花藝課上，會先介紹花草是誰，每一株花草都隆重登場，談怎麼照顧花，在市場怎麼選花，花的顏色，花的姿態，於是它們在我們心中有了名字，確實存在著，不是淡薄的象徵。花總會凋萎，不過它們的名字與姿態會留下來。

課後和 Enzo 閒聊，同為外表看起來乖乖，實際叛逆入骨的巨蟹座，我想我們都討厭工整，厭倦無聊。她說自己試

著跳脫以前老是想投入好球帶的習慣，每堂課都開始想，花還有什麼樣的可能，反而成為她開課的意義。

曾經無感的，有機會生長喜歡；曾經習慣的，有可能重新洗牌。於是在花藝課上，我也總是反覆確定，美可以有好多種樣子。創造肯定也是。

柏林植物園的樹

整理照片,看到柏林植物園的樹,想起那天下午。我在閉園前一個半小時抵達,接受了樹的照顧。我喜歡人在樹裡的樣子,拍下來,覺得那是人特別像嬰兒的時候。

重新翻看韓江的《素食者》,其中的情節每次看都讓我刺痛。因為做了連續惡夢,突然拒絕吃肉的英惠,經歷各種家庭革命,遠離社會期待,漸漸不願言語,想像自己倒立著,緩緩地長成一棵樹,身上開出一朵朵絢麗的花朵。

某次跟朋友聊天時我說,如果有來生,我大概也想當一棵樹。他說,好巨蟹座的選擇哦。

樹很安靜,也能思想,它不說話,不代表沒有表達的語言。或許擺動枝葉,或許根莖相連,或許與風合作,傳遞

給鄰樹，還有行人，甚至遠方。於是，每次行經樹下，我都覺得能聽見它們說話，沉穩地表達，像流水微風那樣。好像光是看著它們，心就可以安靜下來。

樹的生長不動聲色，不帶一點匆忙，不計較速度，並且只跟自己有關。因為樹是見證時間的物種，願意用幾萬個小時的等候，去換一次日光。一棵樹總是不遺餘力地，等時間經過，把自己站得挺挺地，往地底扎根，迎接時間，經年累月，夏秋春冬。

樹是循環的一部分，它明白並且願意扮演這個角色，送往迎來，也喜歡自己是更大的什麼的一部分。因為一棵樹的生長，實際也是陽光、水源、空氣，許多資源的恩賜結果。於是無論誰種樹、誰乘涼，它一點也不介意，它覺得都很好。

樹既能獨立生長，也擅於群聚，樹是一個集體的概念，一群樹聚集，始稱為林。樹林是生命能安歇之地，它想待在

一個自己也適合休息的地方。

樹懂得鬆軟撒嬌，也可以穩重照顧。有時候它把枝枒向外伸，像一隻討摸的貓。樹有許多姿態，各種切面，它平凡的追求，就是向光生、向地長，把這兩件事做好，無論白日黑夜。

樹這麼巨大，這麼安靜，這麼包容，這麼穩定，這麼平安，這麼能夠，這麼瞬間，這麼永恆。

樹是訊息，那就是樹的自由。

因為下輩子想當樹的關係，是不是這輩子應該把做為人類的一切，都好好經歷呢？我這樣跟自己說。然後我聽到自己身體裡的，樹的回音。

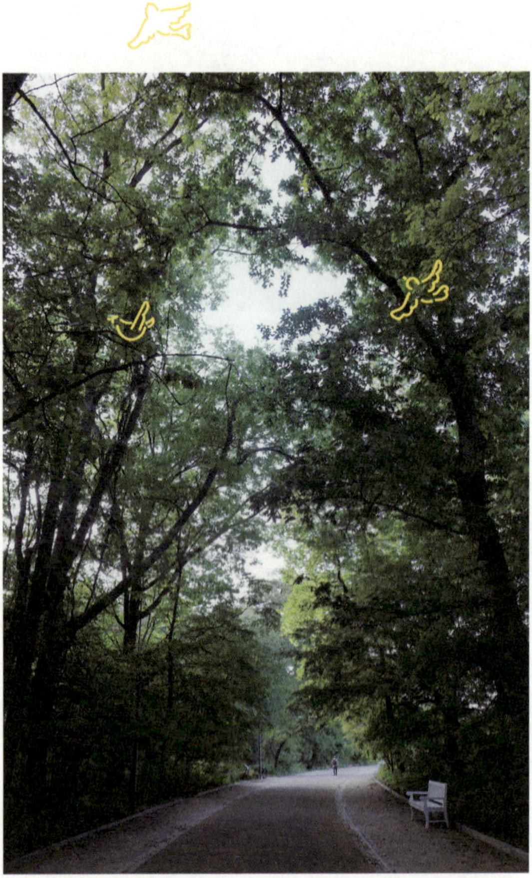

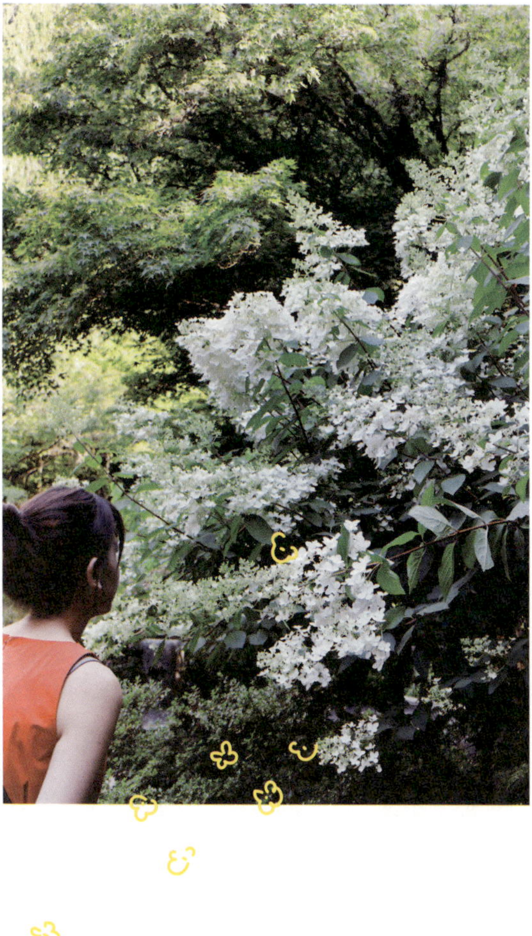

痛苦裡有花，花是一面鏡子

那年秋天，因為某些原因，經驗著持續性的受傷。

閉上眼睛，感受身體裡，歷時累積，未曾透氣的負面與黑暗、內疚、悲傷、憤怒、不平、恐懼、擔憂、懦弱、失措，覺得自己十分弱小，頭上飄來一朵朵烏雲，下起以週計算的雷陣雨。我在那場綿延的雨季，自己挖掘出來的黑洞裡，漸漸失去自在表達的語彙，開始害怕正視每一個路過的，陌生的眼睛。我無法回答，人該如何書寫黑暗，我只能說，黑暗裡頭沒有言語，沒有聲音，甚至也沒有光亮。

我在心裡反覆練習，把痛苦想像成一格格的四格漫畫，嘗試在心裡把事件說成脫口秀的笑話，撥出好幾通虛擬的電話，在 iPhone 記事本留下雜亂無章的單詞與片語。我一

向很難描述痛苦，於是放手讓痛苦描述我。我始終覺得痛苦如此私密，如此變化，如此主觀，沒有適當的詞彙可以捕捉，也無法輕易開口。痛苦一向也是我留給自己的紀念，我不打算分享。

朋友曾經問我，這一輩子有沒有曾經想死的念頭。長年害怕死亡概念的我，最接近死亡的念頭，大概就是隱居。隱姓埋名，把前一個時期的自己，所有我曾經相信過的，完全拋棄，不要也無所謂。那是我感覺生命並不安全的時間，腦中常常想到，啊，好想躲到山裡隱居，我只有辦法與自然待在一起。

總之在那樣的時間之中，我持續做瑜伽。瑜伽老師指引我念經，念經是給自己心內撐出平靜的空間，可以原地喘息，不去哪裡。失去語言的那段時間，我也反覆想起綁花的經驗。綁花是人與物的相處，無法面對人類的時候，可以與花互動；綁花也是人與花的共同創造，不想說話的時候，可以去綁花，把願意說的，藏在花裡靜靜地表達。

花不言語，卻是一面太誠實的鏡子。

而綁花是去擦拭那面鏡子的過程，鏡子倒映出你毫無掩飾的心情與面目。在過程中我感覺到，痛苦是那樣的敏銳，磨尖所有感受，因此可能劃傷自己與他人，像帶刺的花。

綁花的時候，我的內心閃過這樣的念頭——在花裡頭，無論看見什麼，無論感覺到什麼，那都是我們往自己內心的湖泊望過去的倒影。於是，我們會看見花的熱鬧，同時也看見花的一枝獨秀；看見花的豔色，同時看見花的灰色；明白了花的盛放上場，也明白它最終依然要謝幕。而我看見最多的是，花無法強求，有它自己的花期，有它生長的姿態，像每一段故事，有它自己需要被表達的方式。在這裡頭，老實說，沒有正確不正確，只有需不需要。

或許關係本身就像花期盛衰，人類能練習的，不過是用告別一束花的方式，去告別一段關係。

花束也向我展示了一種本質上的平等。在花束裡，每一朵花，每一束葉，都有它存在的理由，無論大小與多寡，它們都重要。如果我的生命也是花束，那麼我的不快樂與快樂是平等的，我的不幸福與幸福也是如此。我的哀傷與無措，我的黑暗與失語，所有一切，都構成了我本身。

綁花時，我們總希望花束是立體的，從上方往下望是個漂亮的放射圓形，從同一個平面不同角度看過去，可以看到不一樣的風景，有不同花來做主秀。在持續綁花的那一個季節，我跟自己說，也可以這樣去理解世界上所有正在發生的事情。總是有處於這個角度的我，沒看到的另一面，有什麼同時正在發生。那是處在這一面的我，暫時沒有能力站到高處，去理解的另一面。曾經的美麗和諧，也許是真的。此時的痛苦，也是真的。這個面與那個面的並存，並不衝突，同時存在。

於是我終於覺得，自己也可以放下一些什麼。

那年秋冬，因為持續綁花的關係，在花的面前，我生長了一點能力與意願，與我的痛苦待在一起。痛苦並不是能被隨意剪裁掉，或不斷扔到垃圾桶的東西，痛苦是刺，刺也是花的一部分。而無論那樣的痛苦是實際的，或在想像中發生，我都感謝花為我織起的綿綿網絡，讓我得以待在美之中休息，在非語言的時區中感覺時間會慢慢前進，季節終將變化。

我為花理出空間，花也為我創造了空間。

花是我的前輩，指引我耐心等待變化終要發生。在花的面前，我覺得自己的身體根部長出謙卑。有時候就是如此，變化與不變化，實際上並不由人。生命用另一種方式向我開展，像花苞朝另一個方向綻放，邀請我走向另一條路。

綠葉新生，花束開始換季，有些花去休息了，有些花等著要開，我心裡於是知道，接下來不久就是春天了。春暖花開，來日方長。

秋色的野生

瑜伽尾聲，老師讓我們選一個自己喜歡的修復體式。我選了臥英雄式，坐定，接著沉沉睡著。老師拍下我熟睡的姿勢，那是一張沒有擔心的臉孔。

這樣有點奢侈的時間，就像連日陰雨的台北偶爾放晴。

做完瑜伽，散步去花藝投瓶課，抵達教室已滿是花草。一人一座位理花，老師戲稱像K花中心，學生們研究花的姿態，怎麼投，怎麼擺。

上一堂課的花有明顯的正面背面，於是我們關照的是一個面的搭建。這堂課選用的花草，面面均成立，邀請我們關心整體，照顧一整個全面。老師給了我們一個挑戰：有沒有可能，插出不同角度看都有意思的作品。

此次選材是秋色，台灣欒樹是秋日總代表，借其顏色呼朋引伴；陽傘花是路過的女子，撐傘走過騎樓；垂雞冠高處俯視群花，垂下一截髮辮；袋鼠花帶著絨毛感，近看如怪奇物語，分不清正邪；文心蘭是常客，能屈能伸，能做主角也能伴舞。最後來點葉材點綴，收攏這整盆秋季獨有的熱鬧。

我喜歡投瓶時自己總是快速安靜，近乎直覺，雙手體證，覺得能更好就動手修改，覺得完成了就停手。

我們一班學生四人，老師說下午班手速快，一小時餘全數投瓶完成，請我們欣賞彼此的作品。有的如結構主義藝術，稜角明顯；有的自由奔放，滿是呼吸空間；有的作品一看便知，每次下手都謹慎擺位。插花投瓶，有時也是懂得欣賞他人與自己，在花面前如何做出不同判斷。

老師說向美學習是這樣的，每個人拿到的花材狀態總有不同，有的結構清晰，有的姿態婀娜，有的長相奇異，即便

我們喚它同樣名字，也美得各異。共享同一個名字的花朵，它們的美也不曾複製貼上。

我們反覆練習的，還是如何觀看、觀察我們拿到的花材，讓花說話的同時，創造出我們認為的美。美沒有量尺刻度，對稱是美，不對稱也是。

同學點評我的花有種跳脫常規的美感，我則喜歡它既有秩序也容許野生破格，既熱鬧又孤獨，或許那就是我對秋日的印象，也是我對自己的印象。

生命的線索

插花系列課，順著有光的步伐，抵達有花的工作室。彼時仍是疫情期間，乖乖量額溫，雙手攤開消毒，插花老師說，哇，你這是一雙有在重訓的手哦。抓槓硬舉的手，生出淡淡的繭，於是知道，身體其實也是訊息。

帶著早晨瑜伽後的整副身體，前往插花工作室，身體有下一個，關於空間與組合的，美的練習。

早晨瑜伽如此，緩慢地練每個體式。感覺手指尖到腳底板的各束連線是否通暢——比如做英雄一時，你是否感覺得到手指，手臂延伸伸長，如樹枝般生長？比如做上犬式時，你脖子後頸的空間是否足夠開闊自由？瑜伽老師談到，無論做任何動作，結果都不重要，但依然要盡力，練習身體在努力的過程。

可以想像，身體有臟器，撐出一個空間，你就是空間的擁有者，或更精確地說，你就是空間本身。你也是任何感官情緒的經驗者，經驗於是產生了訊息，光是意識到這些，你會開始看到，你擁有的何其多。

那麼，試著在空間裡頭建造一處僻靜，可能是一座發呆亭，或是其他，於是任何時候，你也能回到自己體內，深深休息。練瑜伽時，特意不開冷氣，感覺體內水氣，不斷出汗，試著在熱氣蒸騰的身體裡建造一處平靜。

我想了想，感覺那也是一種反向作用，就像平時許多瑜伽練習，要看見的不是拉扯，而是其中打開的，更多空間。

其實瑜伽的練習跟花藝也相似，練瑜伽體式追求的不是難度的等級，不是等比級數度增長，反而是執行的細膩程度——許多看上去簡單的體式，其實很有得練。每次練習，都有迭代修正，看見當時當刻，身體潛藏的訊息，那是一種非線性的鍛鍊。

花藝也是同樣。技法擺在那裡，同樣的花材，來到不同的同學手上，總是誕生出截然不同的整理手法與花束。插完花以後，更重要的是觀看與調整。

練習的對象，依然也是自己，並且多了花進來。當我們理花、整花、插花，並且持續轉動手上的花束，確保每一朵花，每一片葉，都能在自己的手心或花瓶中盛放，我們既是為花撐開空間，也是為自己創造更多空間。

擁擠的花，就像尖峰時刻人群摩肩接踵的捷運，誰也無法通行。必須放掉一點貪心，捨得一些枝葉，才有機會看見空間的生成，來自縱橫各方的維度。橫向的空間，必須鬆開一點虎口，讓花葉有機會隨風晃動，握得越鬆，花越自由。直向的空間，不同層樓，花藝老師會開玩笑說，有些花長得高，坐電梯到頂樓，有些花住在一樓就充滿精神。花與花擁有各自的空間，同住一個社區，卻不互相打擾擠迫。

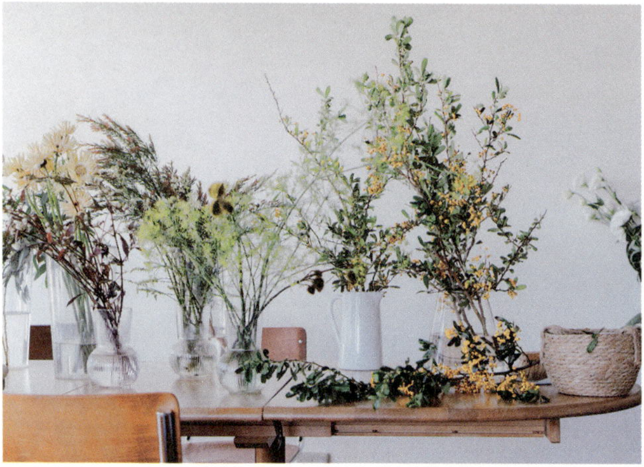

調整空間時,留意花的立體有許多面,有時候,將花面轉個角度,風景會瞬間開闊。當一朵花擁有了空間,反而會邀請整把花束,變得更加靈動。

花束真正的豐盛,是容許指尖穿梭其中,空氣可以流動,花葉在行走時晃頭搖曳。

看著那樣的花束,會提醒我們,沒有空間的時候,要為自己創造出空間。或許伸個懶腰,轉個彎,換個角度,那就可以。

與花的共同創造

初見新娘花，喜歡它美得有個性，一頭被風吹亂的髮絲，天真有邪。再來喜歡長得像玉蜀黍的非洲鬱金香，不容忽視的存在感。然後是金合歡，兩種版本，讓人想起秋天的日本，滿街金黃。

時令是立秋以後，等待處暑，於是這花好像也有一點秋天的意思。老師說，本次的綁花靈感來自小手毬葉，蜿蜒的葉材，可以撐起一束花的分量。手上拿到六枝小手毬，儼然像個小森林。

下午時分綁花，窗邊座位，抓一把白薊與非洲鬱金香當中心點，慢慢欣賞花材與葉材的各自可愛。每一種姿態，都只能與自己競賽。

綁花其實是件難以控制的事,花要往哪個方向長,哪個位置擺頭,我們無法左右,我們能做的就是觀察,仔細觀察,並且呢,把花葉擺到一個,它的姿態有機會被清楚看見的位置,給它應有的高度,為它騰出能呼吸的空間。

老師說,你能做的,是在心裡想像手中的綁花期望搭建的畫面,是豐盛的、自在的,還是客客氣氣的。綁花是學習觀察,用感官去看,也在限制之中與花一起創造。在綁花時,去感覺一種近乎玩樂的喜悅,回想起來,那是我們孩童時期就會做的事情。

如果仔細回想,你會在自己的身體裡找回遺忘許久的,玩樂與創造的能力。創造是無中生有,玩樂則是召喚孩童般的好奇。像聶魯達(Pablo Neruda)的詩句,孩子的腳尚不知自己是腳,它渴望成為一顆果實,渴望成為一朵花。

近期讀里克・魯賓(Rick Rubin)的《創造力的修行》,書中提到:「某些想法到來,自有其時,它們會找到一種

方法,透過我們表達自己。我們就是宇宙發言的通道。」

我其實這麼相信,綁花也是如此。花葉正透過我們的雙手,留下給世界的語言與訊息。

於是每次綁花,即便我們以為是自己與自己的事,也都是我們與花的共同創造。

花謝之時

習花已有一陣,每次花期將末,花謝之時,必須將花葉材整理丟掉,說實話,內心的池塘還是會浮現出一點點感傷。

那樣的感傷,確切來說,更像是潛藏在心裡,埋伏已久的雜質與塵埃,乘著花翼,跟著一起被翻攪出來,浮上表面。

感傷在日常生活中經常被視為無用之物,在充滿效率的多重時間線裡,感傷不存在,不被邀請,不受歡迎,感傷被埋在水底,潛水勿擾。

藉花之故,當情緒湧現,通常也會伴隨著一種釋懷。難過就是難過,悲傷就是悲傷,無助就是無助,想哭就是想

哭，失去就是失去，我只是藉著花的影子，看見它們確實存在。

每次把部分萎掉的花材整理丟掉，我都會回想剛把它們帶回家，擺進花瓶的樣子，曾經它們的可愛，讓我感覺心情明亮，接著是明確意識到時間正在向前走，不停留。即便不見得能留意到花的每日錯綜變化，但確實有另一條花的時間軸，存在於人的時間軸之外。帶葉，含苞，肆意綻放，花瓣垂頭，枯萎凋零，落土，滋養下一段生命。在二到四週的時間內，花向我們演示時間本身。

我們看不見時間，不代表時間不存在。花向我們展示了時間，花就是時間，花也是生死。

習花，老實說，是不斷經驗著擁有與失去，並且習慣，這本就是生命的常態與本質。學習對此懷抱著更多平常心，也放心接受，即便是知道了，但還是無法每一次都那麼坦蕩蕩。每當花謝之時，我都再次感受到自己深深的眷戀。

如果這麼想的話，人與花葉的互動，也重新提醒了我們何謂擁有。擁有從來都不是天長地久那樣的事情，而是一段有起訖期限的記憶。我始終記得我開始綁花，手上的那朵桔梗。時至今日，已經輪迴了幾個花季，我也經歷了幾個年歲。

花讓我們惦記起失去，從有到無也可能是一眨眼的變化。或許萬事萬物都是如此，只是花的消亡如此直接明白，讓我們不得不正視，帶著最後祝福的心意，動手清理。

每次把花清掉的時候，我都會在心裡跟花說謝謝。謝謝你曾經綻放在我的家裡，我的生活裡。有時候也會不小心脫口而出。

花的消亡，也是綁花體驗的重要一環。或許正因如此，習花的時候，我感覺自己更珍視所有當下之物。所有的當下都無法再現，所有的當下都是僅此一次的現場。如果明白所有的當下都可貴，那所有的當下最終也必不可惜。

花有花期，人有自己的生命階段與時間，如同花與人的緣分，有些緣分若是到了分別的時候，感傷可能還是有的，那也好，就記得，我們已經在習花過程中，不斷練習，記憶著別離。

我想，綁花插花，即是對生的渴慕，對消亡的想念，對時間的敬意。

在馬諦斯畫出一朵玫瑰之前

馬諦斯（Henri Matisse）曾經說過，對一位真正的藝術家來說，沒有什麼比畫一朵玫瑰更困難的了。因為在畫出一朵玫瑰之前，他必須忘掉前人畫下的所有玫瑰。

必須忘記，才得以創造。他說的或許是花，或許是生於十九世紀的自己，見證著時代如海浪變化，潮起潮流，前人如此優秀，後人如何接棒挑戰，因此必須不斷忘記曾經看過的好東西，就像每次都重新去觀看一朵花。

受印象派藝術家與日本藝術影響，馬諦斯以狂放的色彩，流動的形體，奔放的線條，定義了野獸派。馬諦斯初學的是法律，接觸繪畫純屬偶然，一畫不可自拔，就此改行，走了另一條感性許多的路。他從靜物畫開始練習，因此經常畫花，並且喜歡畫有花也有風景的房景。

或許在馬諦斯畫出玫瑰之前,他已經在腦海中想過無數次,他想怎麼畫。

馬諦斯是北方出生的孩子,某段時期的畫作,幾乎是截然不同的晦暗色彩。當他移居南法,被蔚藍海岸的豔陽,與寬闊海岸線擁抱的經驗,點亮他的畫作。他開始捕捉他所看見的顏色。那些水果,那些花。

就在1925年,他畫出了他的玫瑰,《窗邊的玫瑰》(Safrano Roses at the Windows)。地點在尼斯的盎格魯散步大道旁,投入花器的數枝玫瑰,在窗邊遠眺蔚藍海岸。陽光灑進屋內,玫瑰披著粉色光暈,畫面和諧安靜,有新鮮空氣,在畫面中流動。那看上去,就像野獸派的內心房間,隔絕世界的喧囂與紛擾。

對馬諦斯來說,花不只是彼方的靜物,花是畫布上的主角。他畫筆下的花,看起來總是非常自由的樣子。他說過,對於渴望看見花的人們,花一直都在那兒。也許,他

總是不斷在畫布上再現他記憶裡的花,召喚出他腦海中的花園。

馬諦斯喜歡形體,花的姿態變化,或許對他來說,不亞於那些躍動的人體。

他在 1937 年的《宮廷仕女,藍色的和諧》(Odalisque, Blue Harmony)中,畫一位仰躺的女傭,手撐著頭,興致盎然地欣賞眼前花景。馬諦斯大膽張狂的用色,畫出了四五種奔放的花材,看上去有雛菊、牡丹或歐洲銀蓮花,或許有什麼花並不重要,重要的是花留下的鮮明印象。花是前景,人是背景。該幅畫據說是拍賣會上,馬諦斯售出價格最高的作品。

晚年,馬諦斯行動不便,改以剪紙創作,作品中仍有花影存在。1952 年,他的剪紙作品《長尾鸚鵡與美人魚》(The Parakeet and the Mermaid),兩個主角置身同一座花園,馬諦斯自己大概也在那一座花園之中。

終其一生，馬諦斯都在透過畫作探問，究竟色彩重要，還是形體重要。或許，在他創作出屬於他的花的瞬間，也微笑地回答了這個問題。

花不必永生，哪怕愛也一樣

有花為伍，每雙週的綁花課，為期兩個半月，剛好將近一季。

本週練習圓形捧花，老師說，先從想像一個圓形開始，以花莖為半徑，料理花材枝葉，去掉葉形，縱橫阡陌，生出一個圓的形體。

以桔梗為靈感配色，選粉色、紫色、淡紫色、藍色做鄰居，今日所有的花材裡，我最喜歡藍紫色的龍膽。龍膽不必開花就漂亮，而康乃馨最強壯，離水久也不怕。老師提醒，留意花與花之間的呼吸。插花一朵，搭配小尖尤加利、石斑果或蠟梅，手心越來越重，慢慢長出一片花園。

同學正在討論美感如何養成，每個年代和年齡區段都各有

主張，各有規矩流派。我覺得美經常是一瞬間的訊息，捨不得眨眼，而我們就在這個現場，瞬息萬變。

音樂製作人里克・魯賓在《創造力的修行》書中寫到的一句話，我非常喜歡。「一切都不是從我們開始的。我們越加以注意，就會越開始意識到我們做的所有工作都是一種共同創作。是與前人的藝術共同創作，也是與來者的藝術共同創作。是與你生活的世界的共同創作：與你至今的經驗，與你使用的工作，與觀賞作品的人們，與今天的你。」

創造力與美，借由我們的雙手顯現。或許沒有什麼東西可被真正稱作是「我的作品」，所有的創作，都有我們看得見、看不見的協同對象。如果能這樣想，大概也會覺得，自己所要做的，不過是在每一個當下，更加直覺地與誠實地表達。

插花就是這麼一個安靜，也鍛鍊直覺的活動，下手可以不

必擔心太多,對自己坦承比較重要。而美的世界,沒有所謂失敗。我們看花,品種各異,姿態萬千,縱然有偏心喜愛,看久了也懂得欣賞,沒有一朵花是失敗的。

成功與失敗,不是用來衡量一個花藝作品的尺度。每動一手,就牽動一個變化發生,而我們想要的不過是讓所有變化,都朝美更靠近一些。

一個人有機會在面向花的時候,慢慢放下習慣已久的成敗、輸贏、對錯二元思考,去接近另一種活著的邏輯——用心體會與欣賞,我們正擁有,與正創造出的一切。心無旁騖地活著,其實已是相對奢侈的事情。

以前不太喜歡花,覺得花凋謝得快,留不住,覺得哀傷。後來看花,本質已經不一樣了,欣賞它的可愛,有這麼多種,每刻也去珍惜憐愛,當下表達,不必挽留,不怕可惜,或許就是花的意義。

花不必永生,哪怕愛也一樣。

愛是要及時的,活著也是。

不知不覺中，
有不經意的美正在別處發生。

Winter
　　Bloom

冬季

我們早已身處花園之中

冬日的宮燈百合

喜歡上完花藝課，拎著花去搭公車。

給花一個座位，慎重坐好，隨著公車的行進擺動。我覺得花跟人也是一樣的——要用照顧自己的心情，去照顧手上那盆花。

這次插花用到宮燈百合。我很喜歡宮燈百合，因為它如小燈籠的花形、細長的花柄、對生的花葉，一身漂亮的橘色，如此日式氣氛。一直以為宮燈百合的產地是日本，查了以後才發現，原產地來自南非，十分意外。

若說鬱金香是歐系的貴族女兒，剪了一頭優雅鮑伯短髮，那宮燈百合就是日韓財閥家的小女兒，有張小巧的臉，精緻的頭飾，熨燙得乾淨整齊的葉身，纖細的莖枒。習花

時，每每遇見宮燈百合，總覺得出身名門的它飛入尋常百姓家，還願意坐公車。

跟著花藝師 Enzo 學花，時節經常是在下半年度，第三、第四季，也通常是我工作忙碌的高峰。或許偏偏就是這麼疲倦的時間，內心更覺得自己需要花的滋養與撫慰。Enzo 選花品味好，配色不流俗，尤其擅用草木妝點，打亂工整形式，一點也不無聊，於是每次也期待上課會遇見什麼花草，誰爭做主角，誰是百年綠葉，誰是特別來賓，一一指名。

第三堂課學用插花海綿，插多個生長點在掌心盆裡，目標栽出野生花園。花束排開，宮燈百合最是惹眼，大家閨秀風範，配上橘色，可愛又有點 chill。白色系三姊妹，蝴蝶陸蓮有飛舞姿態，蕾絲美得大方，伯利恆之星優雅裡偏偏透出邪氣。啊！還有垂頭海芋，可鹽可甜，不戀棧「C位」。草木不可少，藤竹草與散穗弓果黍難辨你我，像低矮的星星點綴；丹尼斯合歡穩穩坐鎮，斑葉春蘭是最稱職

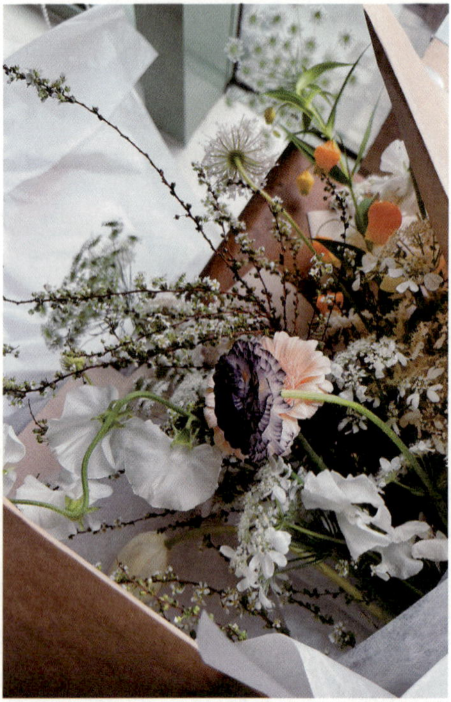

配角,是花園伸出的手腳,擾亂與重新定義著邊界。

用插花海綿,知道下手無悔,難走回頭路。老師說,有時候手上的花就像取得的資源,要判斷怎麼用最好,而資源也可以不必照單全收,有時調整高度是必要的,有時懂得捨去,局部放大,也會創造不同風景。

插花常讓人墜入心流,過程一邊欣賞變化。插完原本覺得有點挫敗,感覺自己海芋插得太正經,整體呼吸感不夠,又不知道該怎麼救援,只好換個角度看。老師教我,將盆轉90度,可以看到另一面風景,在我面前生成展開。「這一面很美呢!」原來在我懊惱的同時,有不經意的美正在別處發生。這大概就是,換個視角看事情的魔法吧,不妨試試,歪過頭看,側著看,跳脫單面,也許會有新格局。

有的同學很厲害,插出360度面面俱到的花,她說自己想的是公平,每一面都要照顧到,每插一朵就轉個角度看

看，於是插出了一座花園，是真高手。

回想那樣的下午，既專注又休息，十分理想。花是這樣的，教了我們美，教了我們創造，也教了我們其他許多許多。

綁花透露心事

我跟同一位花藝老師習花有一段時間了,每一次的綁花,都是不一樣的。

我特別喜歡她挑花與搭配的眼光,每次上課都像在開盲盒,我總是能從中感受到不同視角的美,以及剛剛好的叛逆與不肯安分。

例如,幾乎已經和母親節畫上等號的康乃馨,跟不同的花葉材搭配,也有機會展現前所未見的個性,或是喪禮上常見,代表追悼之意的菊花,我們在課堂上也經常用。老師常問我們:「欣賞你手上拿到的花材,重新看它一次,你想怎麼表現出它的美呢?」

這讓我想到歐姬芙說過:「如果你拿著一朵花,並且真正

地看著它,那麼在那瞬間,它就是你的世界。我想向更多人展現這個世界。」綁花大概也是同樣的心情,迫不及待,想讓其他人也看見這樣的美。

花的美有很多種,我喜歡我有機會,重新去認識一朵花,重新去看它一次。並且也嘗試把這樣的練習,套用在生活更多地方。

老師從花材的挑選開始,就在鼓勵著我們創造的眼光。每次綁花,用十來種花葉材來創作,想到那是老師晨起選花、從花市扛回的,就覺得必須善待。

今天上課做架構花,剛好遇上過年前,用春蘭葉打底,搭配性子剛烈的火焰百合、溫柔鴿派的大地火鶴、堅定大器的百合、輕巧的蕾絲,還有丹頂蔥與雪球花雙邊打游擊。頑皮的丹頂蔥近聞真有蔥味,帶著點家戶氣息。火焰百合讓我想起台灣色彩,彷彿是說,多元就是歡迎所有意見,不服來辯。

世間有許多實相，各種角度，多樣聲音，早已不存在唯一解答與標準答案，就像康乃馨可以不是你以為的康乃馨。那麼多元的視角，蜿蜒的歷程，也是一個人一輩子成長需要經歷的各種狀態。

課堂閒聊，聊到，綁花會透露一個人的狀態，比如我的花看來正在出發，同學的花則看來像有心事。也許是花也收留了我們當刻的心事，用它的語言留念，存成為期二到四週的暫存檔案。

老師跟我說：「最近幾次的花倒是都綁得很奔放呢！」哎呀，被看穿了。近期內心的確雀躍，覺得自己有話要說、有事想做，訊息都被綁進花裡了。

幾堂課下來，我對綁花生成了一個理解：學了技法，剩餘的其實都是練習，不斷練習，不斷調整，不斷自我推翻，無論是什麼領域，這都是進步的唯一途徑。

提花回家,投瓶之前,再練習重綁一次。有時覺得原本的版本比較好,有時覺得重綁的更完整,都不要緊。綁花好就好在,練習的道路上有花指引,有花作陪,有花做我們永恆的老師。

一群人做花

外頭氣溫驟降,花藝教室十分溫暖。

最後一堂花藝課做大型布置,一群人共同完成一個作品,像共享一個大腦、一對眼睛、一雙手。

老師邀請我們觀花葉,選出我們心中的偏愛前三名。我選了搖曳的吊鐘百合、黃色的針墊,以及長得像跳跳糖的千年木。

接著手繪設計稿,拱門型態,花葉草木爬藤,思考什麼顏色相配,什麼形體湊在一起能產生化學變化。老師說,想像一下你逛過的植物園,模擬那樣的自然,創作前先在心裡打個草稿。最後大家選出了一張設計稿,全班一起完成。

我很喜歡這樣從零到一的過程，每個人用自己的雙手完整整幅畫面，偶有意見不同也是自然，那就想辦法異中求同。其實就是一個團隊的樣子。

我們還有一個任務，是擔任自己偏愛花葉材的指導眼睛，確保自己喜歡的花草能在眾人面前，展現它美麗的姿態。

作品完成到 80% 時，我們一度認為左上角的雲頂牡丹過度工整，不夠自然。在老師指導下，發現只要補幾叢紅彩木，就有機會轉換氣氛。幾朵花的位置，幾叢葉的落點，足以撼動整個局面。

學習如此做布置結構，需要的恐怕是放下對細節的把控，把目光拉遠，去看整個全局，去觀察整個形狀。而全班一起創作，是人與人之間的協作，也是我們與自然的共同工作。

每次課程結束後，抱花回家，總覺得有什麼還在繼續著。

搭捷運，單手抱著高出頭頂許多的紅彩木，文湖線捷運車廂擁擠。隔壁的女生看看我，她抱小孩，我抱花，我們互看了一眼，然後笑了起來。

回家後把花材分別投入三個花器，一個放書房，一個放運動房，一個放客廳，像三個分靈體，大中小各一。發現孤挺花與紅彩木十分相配，合歡與吊鐘百合則是可以一起遊戲的關係。

有花的日子，一直都在學習。

自由的可能

上週末給友人父親把脈,大師開示,提醒腎水不足。今早跟瑜伽老師分享,她說:「你哦,就是用腦過度。要多理腎經,也可以踩踩湧泉穴。」我點點頭,說自己每天都感覺腦袋高速運轉。外部顧問也說我是會追趕目標的類型,給自己立挑戰,鞭策自己要做到,每到第四季尤其如此。

有時候感覺自己活得像隻獵犬一樣,要練習的,是專注而放鬆,那樣的餘裕。

老師替我按捏背部時又說:「不過你呢,有孩子般的純良,可以幫助你度過很多事情。」我當成寓言故事,收到心窩。

今年的我,複製了去年第四季最喜歡的行程,做完瑜伽,

再與花為伍，感覺身體心靈，都很滿足。

今年報名投瓶課程，老師特意調整教室，讓學生投瓶時面對空白牆面，像是做陶藝或雕塑一樣，專注在自己的作品上，沒有參考，沒有比較，只有自己覺得好不好、美不美。

美是那樣主觀，即便同一系列花材，人人也有不同的應用與配置，花草自然也是形體各異。

帶果尤加利與山尤加利首當其衝，撐開了結構；狼尾草瀟灑，珊瑚藤粉嫩，水仙百合溫婉，煙霧樹穩重；颱風草個子最高，積極找路；今天見面的康乃馨名叫帕雷托，感覺是義大利來的。

投瓶自由度高，也講究創造空間與呼吸，調整容易，但凡下手有遲疑，提起來再換便行，可以不斷回到上一步。投瓶層次也豐富，高低錯落，遠近不同，坐著看是一種風

景,站起來退後幾步看,又是另一種姿態。總之要多看,看一次不夠,需要一看再看。

若說手綁花練習最多的是一種內在篤定,我感覺投瓶鼓勵的是尋找可能性。這花草最適合擺在哪裡?若是覆盤,再來一次,我要怎麼擺?其實兩種眼光都重要。

若練起來了,大概也能專注而放鬆吧——要真是弄錯了,改了就好。

人的作品往往透露心思,而我感覺眼前的這一叢花草十足快樂,彷彿拎好包包,迫不及待要出門遠行郊遊,很像我近期心情。

每次與花相處,我都會想起,自己的願望,是活得像花那樣自由,那樣充滿可能。

回到花田上

習花一陣子，生活裡有花草，覺得自己慢慢地也更能與自然親近。以前喜歡街道建築，現在喜歡城市周邊的大公園或植物園，懶在草地上，什麼也不做，享受微風吹過臉頰，去指認草地蔓生的蕾絲花或其他花草。信步走進植物園的小徑，去觀看一棵樹，去認識幾株花，覺得自己走進的其實是自然敞開的懷抱。

在花藝課上，訓練一雙觀察的眼睛，走進自然的時候，會覺得到處也都是能夠觀察的訊息，顏色、姿態、群集、高低錯落，看花草如何與周遭和來人互動，看它們在光線下盡情舒展自己。在自然裡，沒有計較，沒有格格不入，不管是什麼姿態，什麼顏色，都可以在自然之中看見。

無論走在嘉義的樹木園、西雅圖的植物園、柏林的植物博

物館，我都看見，在自然裡，不一樣是這麼合情合理、這麼漂亮，又這麼必要。每次想到這點，都會從體內感覺有很深的感動。某種程度來說，我覺得那是人類需要不斷聽見，並在身體內產生回音的訊息。

學習花藝對我來說，也是學習找回與自然共處的記憶，召喚被埋葬許久的感官經驗，在田野奔跑的或是追逐動物的。不斷好奇一株花草的名字，感覺自己被整面花田包圍，內心升起的翻攪與湧動，那種近乎直覺的經驗。

再次走進自然，想起一段記憶。小時候，爸爸會帶我去台中近郊的油麻菜花田玩耍。油麻菜花通常在稻子收割後播種，當作綠肥養地，會在冬末春初長成一整片漂亮的黃色花田。在最冷的冬天，油麻菜花能從最貧瘠的土地，精神地抽芽。那時候，我被爸爸扛在肩膀上，我們很有默契，無聲地看著眼前整面金黃。記得那時候心裡這麼想，世界原來這麼漂亮。後來每每想起，都覺得，那大概是我一直喜歡黃色的最初記憶。

自然一直在那裡。無論我們在成長的途中幾次與它錯身而過，都可以再次走回自然裡，回到花田上。人跟自然不是競賽關係。自然向我們展示的，是另一種更奔放共融的秩序。

印象中，CNFlower 的創辦人凌宗湧分享過一個故事。他們團隊去法國旅行，入住馬窖改建的飯店，要布置一個長桌晚宴。他於是向飯店管理者詢問，能不能走到飯店後方的森林採集材料，對方說，森林隨你使用。他與團隊撿拾毯果、枯枝，蒐集綠色葉材做桌面的花藝布置，向自然請教，邀請自然入桌共餐。

我覺得這個故事的美麗之處，在於生活與花藝的關係，可以是這樣靠近。自然從不曾遠離，你永遠可以回到花田裡，想念自己是個孩子。

寂靜的奢侈

閱讀《聆聽寂靜》時，作者厄凌・卡格（Erling Kagge）提到，人類所有的問題，都源自人對寂靜的抗拒。其中一個章節談到都會區的鳥鳴聲，因為日漸嚴重的噪音問題，鳥鳴聲失去低音調，逐漸轉為與人類噪音較勁的高音，最終對鳥類生活造成本質上的干擾。

作者說，寂靜對於所有生物來說，都一樣是奢侈品。

秋末，我離開前一份待了近十一年的工作，告別生命中重要的一段長跑。離開的時候，沒有太多感傷的心情，感覺像終於完成了一個作品，不必簽名。決定放自己至少一季的假期，體會空白，感覺安靜，回應生命中長年被我靜音的疑問——生命曲折蜿蜒，偶爾出現的破壞式創新，希望我們看見什麼？

如果我不再需要拚命用工作自我證明，如果我可以撕掉替自己緊緊黏上的「工作狂」標籤，那麼不工作的我，是什麼樣的人？想過什麼樣的人生？我有沒有機會以發展生活、回應生命為優先，重新調整選擇與看重的次序？而一個不工作的人，該如何創造他的價值、歸屬與認同？

這也是我長年的生命課題。過往的我，總是優先選擇工作。因為沒有人會責怪你優先選擇工作。選擇停下來，為什麼，總讓我感覺背離了人群。

如果可以，我想更經常地，在每個日常選擇裡頭問自己：我想在哪裡生活？我期待生活與工作建立什麼樣的交織與互動關係？我真正想要，在工作裡完成與創造什麼？我希望未來十年怎麼度過？我有沒有機會，用另一種方式工作，用另一種方式在世界上生活？

我想要問，如果在世界上，無數個平行宇宙裡，有另一個我，那她會怎麼生活？

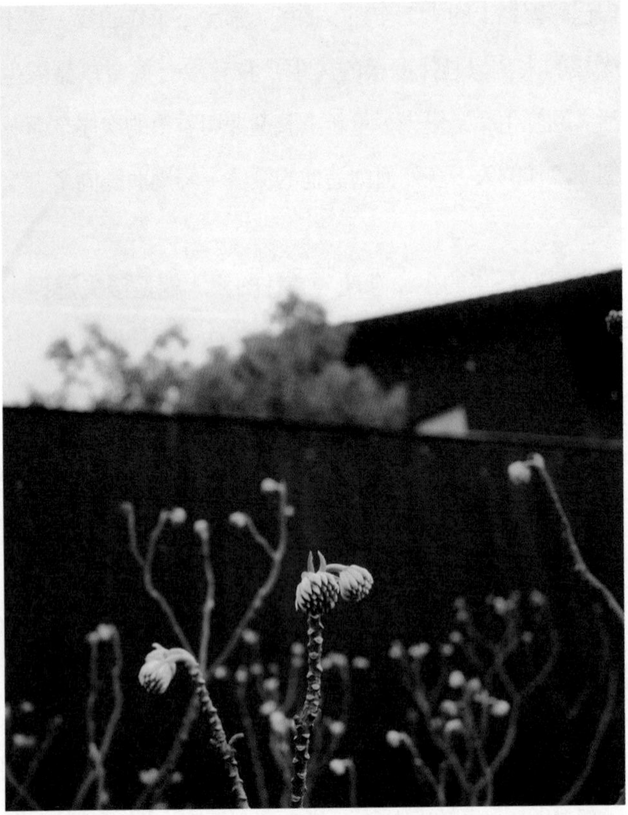

一邊想這些問題，一邊習花。花知道我懷抱疑問而來，微笑地，靜靜不語。容許我，不斷地透過它的姿態，看回自己內心深處。

觀看花朵，以花作為生命的凝視點，無論你看到了什麼，你其實也正在觀看自己。

有花的陪伴，重新體會冬季。體感的冬季，生命的冬季。

冬季冷，偶爾嚴寒，萬物不作，關上門窗，花的顏色與春夏不同。冬日的花，更是陪伴的色澤。綁花的現場，接近類似冥想的過程，春耕、夏耘、秋收、冬藏，冬季的存在是生命經歷過奔騰地生發、神氣地抽芽、放肆地開花以後，必然需要的一種，徹頭徹尾的寂靜與休息。

此時此刻，需要的只有寂靜。與冬日的花相處，是生命期待許久的大休息。

寂靜並不是無所作為。寂靜是收藏，寂靜是沉澱；寂靜是不語，寂靜是感受，是體會；寂靜是分配，是感官的重置；寂靜是生命的奢侈。

生命有它的發展，有無論怎麼前進，都想抵達的地方。那裡肯定存在著你的花園。一個不需要貼上任何標籤、回應任何期待、達成任何成就，你就能感覺快樂的地方。

若是你也在生命潛伏的冬季，送上這段話給你。

常玉與他的花

週末早晨,趁冬日難得,天氣好,去台北植物園散步,再去歷史博物館看常玉。植物園的樹木伸展手腳,很有朝氣,讓人同樣感覺心情明亮。早上九點五十分,歷史博物館尚未開門,一群叔伯姨姊門口乖乖排隊,十分可愛。

一直都很喜歡常玉畫作的色調,以及其創作的選材——裸女、奔跑動物、靜物花卉。能屈能伸,宜動也宜靜。因為展覽的緣故,第一次完整認識他的生平,與他同時期創作奔騰的巴黎學派。1920 年,巴黎的瘋狂正要沸騰加溫,常玉在大茅屋學院(Académie de la Grande Chaumière)自由地習畫,同期的還有畢卡索、夏卡爾、藤田嗣治,當時他們十分年輕,尚且不知道自己在未來的一百年後,仍在世界佔有一席之地。

展覽展出多幅常玉筆下的裸女，以及他的素描手稿。他以水墨底子，勾勒彷彿可以掐出水的肌膚紋理，女子滿不在乎的神情，不挑逗的裸露，不在乎誰的凝視目光。美，可以是一種十分安靜的主張。

他畫動物的時候，讓人彷彿看到他心裡有孩子。孩子生來直接，不修飾地表達悲傷與幸福。動物在廣袤原野奔跑，無論那是斑馬、獵豹、長頸鹿或黑馬，多數成雙。世界很大，動物很小，彷彿自由本就沒有邊界，誰也是這世界的一部分。常玉晚年最後一幅畫，畫了《奔跑的小象》，與友人介紹時，他說那就是他自己。繪畫亦是他的奔跑，是他心裡的動物，可以透氣，甚至流淚的時候。

而常玉畫花，經常畫菊花、荷花、鳶尾花，帶有東方色彩的花，枝幹聳立，如書法撇捺，只在高處盛開。常玉畫筆下的花，不只盛開，他在 1929 年創作的《薔薇花束》，背景全黑，畫薔薇從蓓蕾，含苞待放，初綻，與最終盛放的不同階段。常玉是懂花的人，於是在一幅畫裡，藏著流

逝的時間。收藏家也喜歡常玉畫花，從他畫裡的花可以讀到很多外溢的情感，甚至是他自己人生的隱喻。

常玉的畫作是東西方的混血寶寶，西方濃烈惹眼的用色，東方行雲流水的筆觸，每一幅畫都是他遞出的自傳，展現他的溫良、驕傲，以及孩子氣。我覺得常玉的家鄉，就在他的畫裡。感覺不到家，他就畫畫。

常玉出身名貴，晚年餓肚，買不起地鐵票，就走長長的路，越過一站一站的地鐵，回巴黎十四區住處繼續畫畫。在他離世後，他的作品在當代藝術拍賣現場屢創新價，尤其靜物花卉作品，更是受到市場熱烈愛戴。我經常在想，該怎麼理解這樣的現象。藝術品之於藝術家，是什麼樣的關聯？

展館裡，一位導覽員與一群孩童針對常玉畫的月亮展開討論。孩子童言童語，用手指輕輕在空氣中畫了一輪滿月，說：「你看，我也會。」像美少女戰士即將變身前那樣。

藝術欣賞的現場,其實是不斷地想念人與生俱來的創造性與好奇心,就像這樣舉起手指來畫。

展覽一二樓,展列介紹常玉與其同時期的畫家朋友們,我感覺好像是,常玉與朋友們在巴黎的瘋狂年代開的派對。那樣的年代,像是眾人舉起手畫的一輪輪月亮。自由是空氣,創作是土壤,眾人以各自風華,催熟年代瘋狂。

那確實是他方,也是他們藝術的家鄉,心上的月亮,常玉記憶裡的花。

在花之內看到垃圾

與花相處時,老師常常提醒觀看的重要。每一堂課我們都從觀察花、整理花開始,像是在跟花打招呼。

我在筆記裡寫下觀看,將其圈起。在我們表達之前,首先要安靜地觀看。不過究竟要觀看什麼呢?觀看花的顏色,花的姿態,花的大小,莖葉的分布;觀看花的面,花需要的空間,花與其他花葉的互動關係。除此之外,我們還能觀看什麼?

不同時期觀花,可以讀到不同的訊息。

初學花時,每次在課堂上,我都深深被花的創造性震撼,花葉自然的彎曲與歪頭姿態,綻放的千萬種樣子,奔放的顏色,有許多種綠色,許多種黃色,許多種紅色。人類染

色的花,總是沒有自然的花美。花藝是連續性的創造,一朵接著一朵,沒有標準答案。而花從不完美,它不在意,也不追求。

後來習花,我感覺自己珍惜著花的邏輯,是高低錯落,記得留白。有花綻放在高處,有花待在低處,留白才能呼吸,留下空間,讓花在光線下舒張,是非常美的。觀看花的時候,讓我嚮往生命也能這樣發展,不擁擠,不貪多,不搶快。人類世界的所有進步尺度,越多、越大、越快,於花都無用,花只在乎在它的空間裡,大方自在地把自己展現出來。

我也喜歡沒有一朵花是孤獨的。花有它的社群,它的群集,它的歸屬,而一朵花也可以跟自己不同類的花葉材處得很好,沒有誰著急表達。花那麼清晰,卻也那麼安靜。

花藝流派許多,德式結構信奉自然,日式花道更崇尚質樸,回歸原真的插花方法。透過一株蘭花,或一枝綠葉,

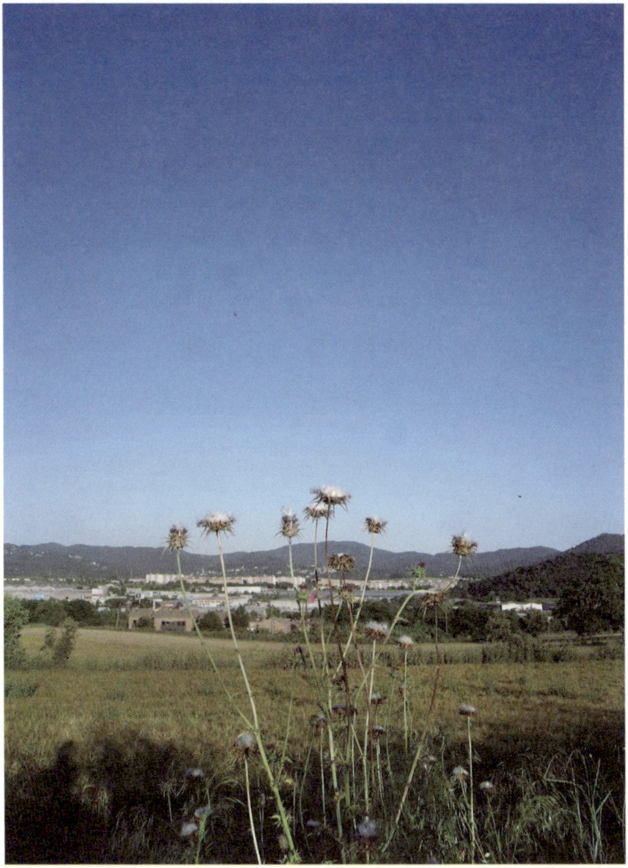

有意識地選擇花器,去表現一種安靜的存在,期間限定的美,去欣賞花的瑕疵,有機的形狀、自然的缺陷、不對稱的外形、乾枯的漸變,搭配茶席上,一壺懷抱著招待心意沖泡的茶。

那年秋冬,讀到一行禪師在《和好》書中這麼寫:「幸福之中有痛苦的滋味。就像花一樣,當你深觀花朵,你會在花之內看到垃圾、泥土以及堆肥。我們明白,如果沒有肥料,花就不能生存。深深接觸花,你會接觸到花之內的肥料。」

閱讀這段時,久久不能言語。

我們看花,總想看花的美,與各種姿態。

如果我們再看得更多一點,會看到花的美建基在前個季節的凋亡之上。前個季節的凋亡,成為下個季節的生長肥料。我們在花裡頭感受到了幸福,也最終理解到痛苦與幸

福的不可分割。事實如此，花葉自誕生起，就步入凋亡的循環。即便肉眼無法察覺，沒有一朵花，不是向死而生。幸福之中有痛苦，像花的中心有黑暗。

於是我們會懂得去欣賞，一朵花送到我們面前時，它曾經歷過的所有時間，所有死亡，所有記憶，接著等待它慢慢花開，在最適合的時間裡，去經歷它的死亡，看它愉快祝福著下一朵花的誕生。

那麼，我們或許也能像理解一朵花一樣，去理解自己的生命終將如此發展。

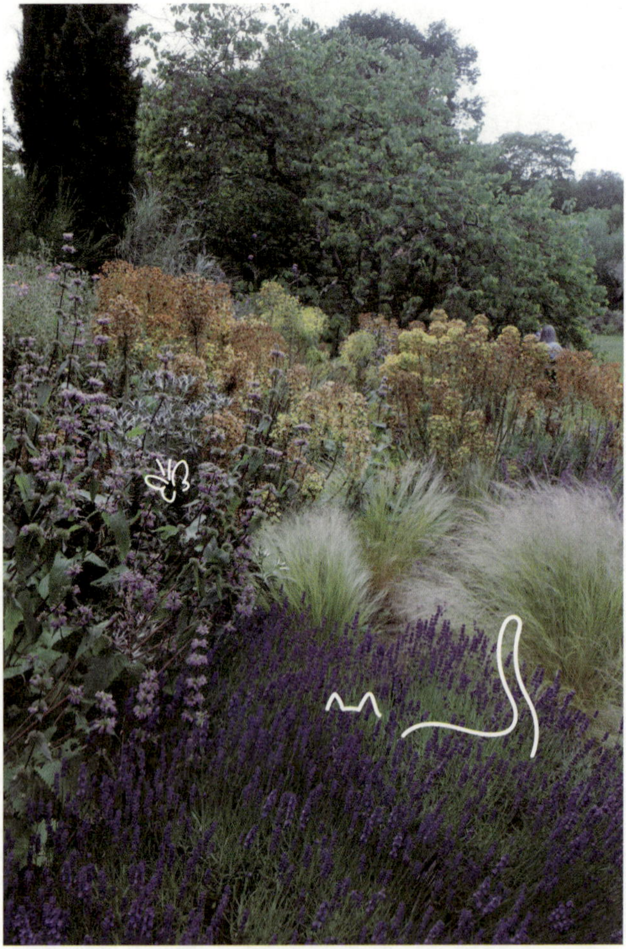

結構與花園

前一堂插花課,同學們陷入手指苦戰 —— 難的不是綁花,而是用藤編做德式結構。愁雲慘霧,哀聲嘆氣,泡軟藤編木材,拗折,綁繩,最終組織成牢固又錯綜的格狀架構。目標是做一把能拿在手心的架構小傘,把花插進傘面縫隙。

前週未完成的,這週繼續面對。於是課程一開始,全班手指忙,眼神鬥雞眼。我手不巧,雨傘結構綁得零零散散,也沒什麼耐心,實在難以堅持,內心不斷尖叫。

老師說,結構有很多種作法,求的不是綁得多圓,而是空間夠多,讓花可以做出更多變化與層次。後來想想,結構的存在其實是為了支持我,處理我的大腦難以處理的立體複雜 —— 大概像是,我可以依賴結構,開始投出一些,

花式變化球。

想到這裡，心情上瞬間變得很甘願，難纏的存在原來是友善的應援，我們正走在先苦後甘的路上。轉念一想的技能，實在是人生必備。

有結構盟友在手，挑戰綁花一大束，似乎也比較不怕了。老師挑的花，配色得人疼，從夏雪文心蘭出發，召集桔梗與海芋入列，帶果尤加利與蕾絲有飄逸葉型，非洲菊豔放，千代蘭可親，火焰百合探頭說：「嘿，我在這裡！」

綁花一大束，左手虎口很有成就感，花園在手心盛放。綁花時幾乎什麼也沒想，只是很專心感受美，很願意被美包圍。最後一堂課，完成了我最喜歡的配色，把花拿在手上，覺得這花好像始終忙碌的第四季，用力活出很精神的樣子。

綁一束花，送給新生兒的媽媽，願孩子的命運有花作陪，

盛大開展。再綁一束花,送給過生日的同事,內在平靜,就有豐收與豐盛。

即便綁完花就送出去,依然覺得自己的內心正被花包圍著。大概如果我們回頭看,肯定也會發現,習花的我們,早已身處花園之中。

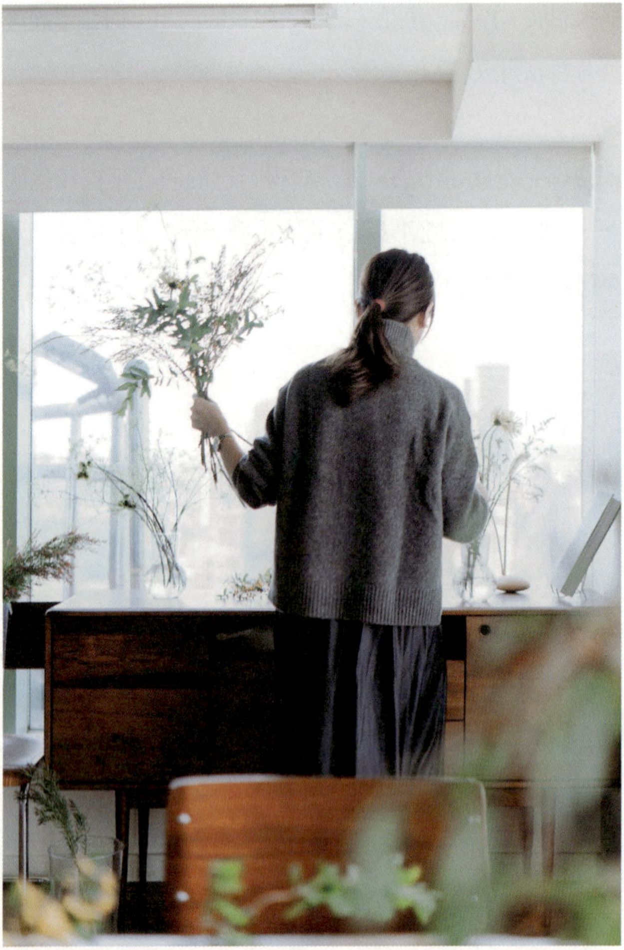

習花後記：當作野生的花園那樣去觀看

從 2019 年首次習花，至今已有五六年與花相處的經驗，每次上花藝課，都感覺還有許多可學。上完課，我會習慣在回家路途中打開手機記事本，快速簡單記下習花筆記，一方面希望好好記誦花名，一方面想留存剛上完花藝課的感覺——感覺體內豐沛的創造性，向花學習，被美擴張。

這本集子，最初就是如此起心動念。我的生活中四時有瑜伽，四季也有花。瑜伽與花，都是我不可或缺的寶物，生命的滋養，想與人分享。

因此這本集子，寫於不同的時間線，白天夜晚，黎明黃昏；寫於不同的年份，夏秋春冬，一年隨花翻過；也寫於不同的人生季節，明亮的，黑暗的，明快的，黏滯的。曾經一度，我覺得自己永遠無法寫完這本書，因為在寫作過

程中,我的生命同時也經歷劇烈變化——像嬰兒撕裂產道出生,新的自己要降生,必然伴隨切身痛苦,前個時期的自己或許仍在流血。

整理從前記下的內容,覺得幾乎認不得自己,也難以寫回那個時期的無憂與天真。而這個時期的我,還在尋找訴說的語言,有些訊息還在抵達的路上,我尚未參透,無法明白。年份拉長,書寫裡頭,恐怕會不斷存在著我與我自己之間的斷層與相左。

我知道自己想誠實一點去寫。心理也難免害怕,我該表達哪個時期的自己。

停筆許久,寫不出來。後來總編貝莉鼓勵我:「就像花一樣,你不必刪改上一個季節的自己,也可以等待新的季節到來。花的四季,就像人生時節,本來就是不一樣的。」

這句話很安慰,某種程度,也賦予這本書新的整理角度。

花確實在不同時期，都陪伴了當時當刻的我。充滿幹勁，想創造的時候，觀看一朵花我總是看見了美的萬般可能，看見了團隊，看見了全世界；遺失信念，見不到光的時候，與花的相處接近冥想，不必有任何語言，無聲陪伴，我從花之中看見了自己。

花教會我許多。持續也還在教我。

寫花藝，說實話，也是斗膽，手拙如我，連綁個繩結都要反覆練習與確認。我有的不過是對花的崇敬與欣賞，學習花藝的時候，感覺自己不是學習一個技藝，更像重新想起一段經歷——理解自己出生至今，曾是自然的一部分，也將回到自然裡頭去。

四季有花，花用自身狀態預告季節變化，含苞、綻放、凋萎，是花的本質，也是人生常態。這本集子渴望訴說的，就是這樣的生命變化。生命高高低低，或起或迭，可能比股票市場還劇烈，或許遠遠看過去，也有點混亂、缺乏秩

序、難以組織的樣子，不過那樣的紛亂，會不會反而是邀請，我們應該去體會那樣的自然。

習花學生，是我珍惜與鍾愛的身分，無論是在課堂上，或不在課堂上。想念花的時候，就出門去找花。四季有花，這是我練習踏踏實實地，活在自己生命季節裡的筆記。這本集子裡有我的各種樣子，請當做一把花束，或一座野生的戶外花園那樣來觀看與理解。

想謝謝我一路習花的花藝老師，木艸艸的 Enzo，領我入習花之路，讓我認識花的各種可愛與可敬。謝謝重版出版的貝莉與阿爆，在我處於風暴之內，想放棄這本書的時候，給了我安定的生長土壤。也想感謝我身邊，所有把自己活得像花的朋友們，因為你們的緣故，世界對我而言，才可能像一座花園。

生命也或許，就該當一座野生的花園，那樣去觀看，那樣去生長。現在的我是這麼想的。

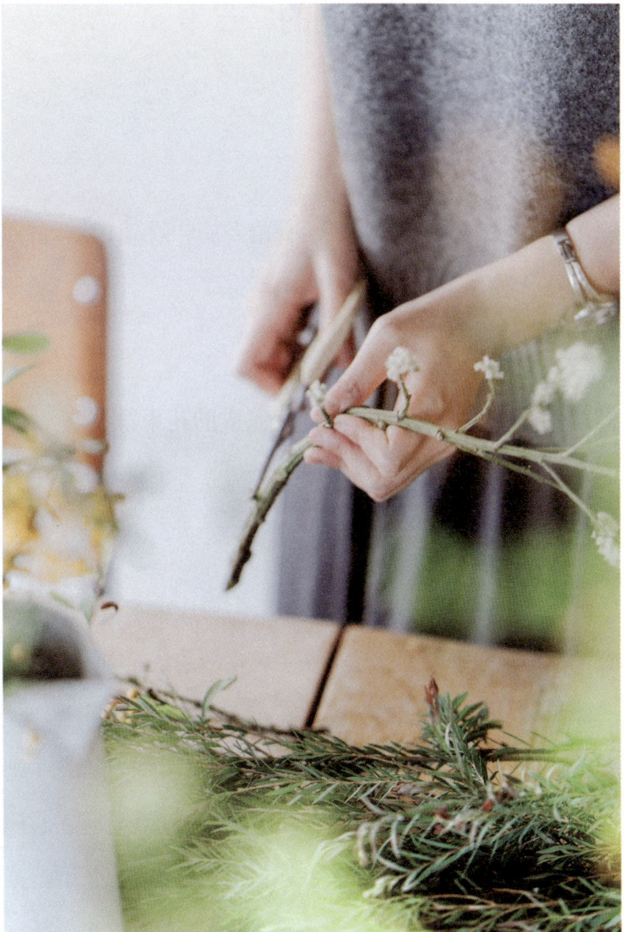

附錄：關於習花名詞的二三事

除了花葉材，只需一把花剪，偶爾多加一個劍山或一個海綿，便可開始習花。

螺旋手綁花：只要有手，就能完成的花束練習

最常練習的還是螺旋手綁花，綁到後來已成為反射動作。

手綁花很考驗非慣用手的虎口，要耐得住重，又不能握太緊。我是右撇子，因此伸直左手，拿一朵花在中間，再放一株葉材，順時針旋轉，斜放在花上，這樣的重複動作，讓花腳慢慢繞成一個圓。初識花藝老師，第一次綁花，她提醒：「握花束的手越放鬆，綁得越好。」我那時在心裡默默記下，綁花好像成就一段關係，支持它，而不是強求，明白自己無法控制一切，於是握得很輕很鬆，信任它

終將慢慢成形。我們能擁有一束手綁花最好的方式，不過就是讓它圓滿。

那大概是我喜歡上手綁花的瞬間，覺得那樣的關係很美。手綁花熟練後，也可以綁很豐盛的大花束。

架構投瓶：讓每朵花都如其所是地被看見

架構投瓶，想像花器的每個空間，都是一個花的房間。用防水膠帶在瓶器上方，貼出大小不均的網格，也可以用雞網捏塑形狀，將做好的格狀結構放入瓶器之內。架構的重點是撐開空間，而架構投瓶更適合用於多花材時，方便好好布局。

我常跟自己說，即便沒有架構，從市場買回來的花，自己逐一投入喜歡的花器，思考如何讓每朵花的姿態能鬆弛地被看見，也是日常的投瓶練習。讓每朵花，每朵葉，都如其所是地被看見。

附錄 221

海綿插花與劍山插花：大大方方下手，走過必留痕跡

海綿插花與劍山插花，顧名思義，是將花葉材插入花藝海綿或是劍山之中，起手無悔。練習精準判斷，明快決定，忌諱不乾不脆，凡走過都留下痕跡。

我常常在插花時跟自己說，不要貪心，多不見得是好，見好就收，但常常還是學不會。欣賞班上同學的作品，插花插得好的，大都眼光獨到，也能堅定自己的表達方向，彷彿前無古人後無來者地，大大方方踏過去。

大型布置花藝：與花，也與一群人合作

大型花藝，無論是布置花園，或以花布置拱門，更多是團隊作業，與他人合作，想辦法異中求同，交出一份大家都滿意的作品。大型花藝不只見於婚禮現場，也常出現在品牌發表會上，無論是甜美的、神祕的、浪漫的、異國的，花總是能輕易改變一個場地的氛圍。

有需要時，就大大方方，請花下凡來幫忙。

LH009
四季有花：生命或許就應該是一座野生的花園

作者	柯采岑
編輯	吳愉萱
裝幀設計	Dinner Illustration
內頁設計	Dinner Illustration
內頁排版	陳佩君
攝影	Enzo（p. 10, 43, 63, 118, 180）
	林祐任（p.159, 214, 219）
文字校對	林 芝
業務主任	楊善婷
發行人	賀郁文
出版發行	重版文化整合事業股份有限公司
臉書專頁	www.facebook.com/readdpublishing
連絡信箱	service@readdpublishing.com
總經銷	聯合發行股份有限公司
地址	新北市新店區寶橋路 235 巷 6 弄 6 號 2 樓
電話	(02)2917-8022
傳真	(02)2915-6275
法律顧問	李柏洋
印製	中茂分色製版印刷事業股份有限公司
一版一刷	2025 年 8 月
定價	新台幣 450 元

國家圖書館出版品預行編目（CIP）資料

四季有花：生命或許就應該是一座野生的花園 / 柯采岑作.
-- 一版. -- [臺北市]：重版文化整合事業股份有限公司，
2025.08
　面；　公分
ISBN 978-626-99657-4-8(平裝)

863.55　　　　　　　　　　114010380

版權所有 翻印必究
All Rights Reserved.